光文社文庫

長編推理小説

富士・箱根殺人ルート

西村京太郎

目次

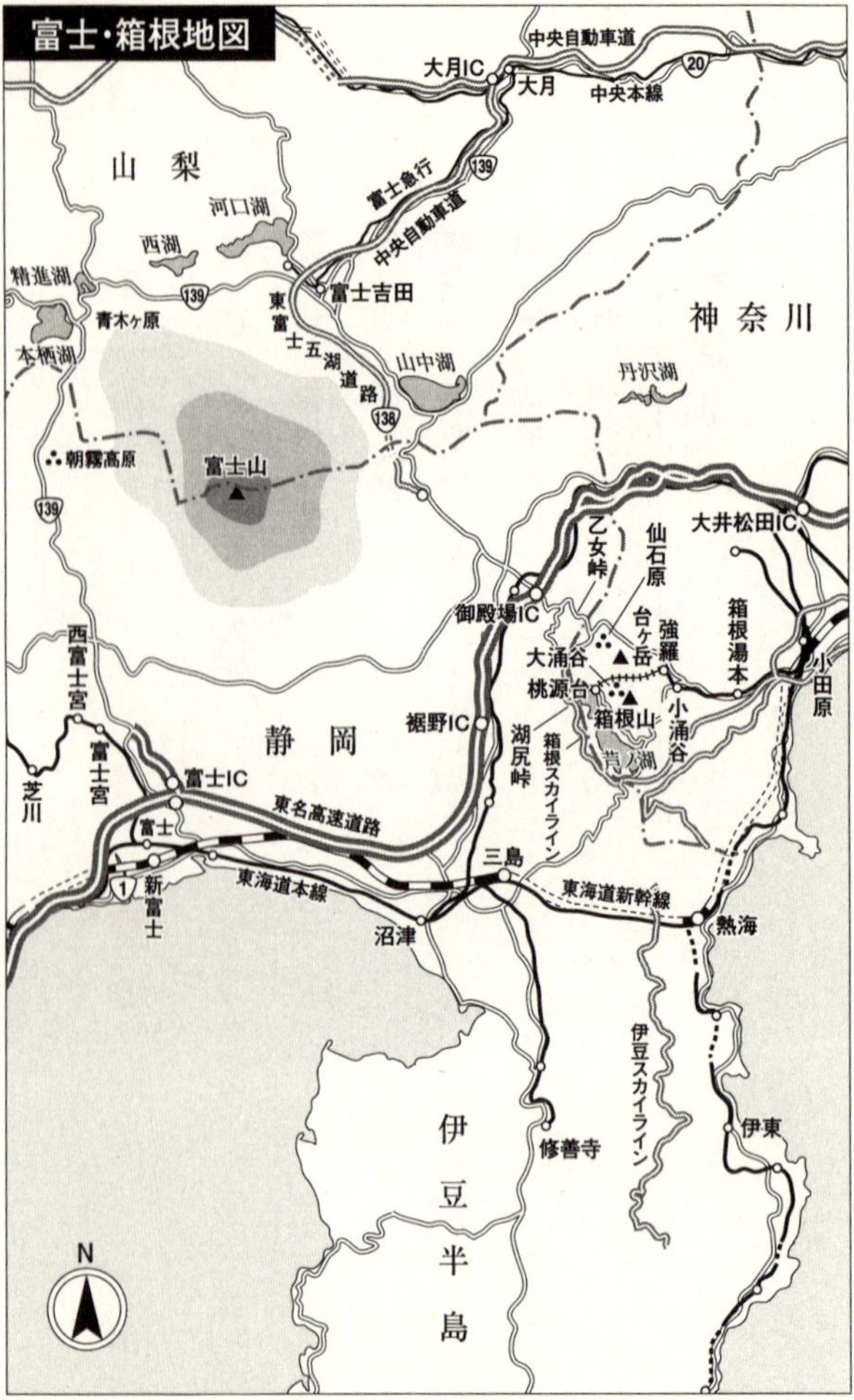

富士・箱根地図
中央自動車道
大月IC
大月
20
中央本線
山梨
139
富士急行
河口湖
富士自動車道
西湖
中央自動車道
精進湖
富士吉田
139
東富士五湖道路
神奈川
青木ヶ原
本栖湖
山中湖
丹沢湖
138
朝霧高原
富士山
139
大井松田IC
乙女峠
仙石原
御殿場IC
箱根湯本
台ヶ岳
強羅
西富士宮
大涌谷
小田原
桃源台
箱根山
小涌谷
裾野IC
湖尻峠
箱根スカイライン
静岡
芦ノ湖
富士宮
芝川
富士IC
東名高速道路
富士
三島
新富士
1
東海道本線
東海道新幹線
沼津
熱海
伊豆スカイライン
伊東
修善寺
伊豆半島
N

第一章　ロマンスカーの死

1

うっとうしい梅雨空《つゆぞら》を引き裂くように、十一両編成、赤と白のツートンカラーの列車が、疾走する。

小田急自慢の一〇〇〇〇形、特急「はこね」である。

スピードがあがると、窓ガラスに斜《なな》めに走っていた雨滴が、真横に流れていく。

一四時一三分に、箱根湯本《はこねゆもと》を出発した「はこね22号」は、間もなく、終着の新宿に着こうとしていた。

夏のシーズン前なのと、ウィークデイのせいで、車内は、かなりすいている。

先頭のパノラマカーは、日曜日なら家族連れで一杯なのだが、今日は、ひっそり静かだった。

ワゴンサービスで、ウイスキーや、コーヒー、紅茶を配《くば》って歩いたウェイトレスたちも、3号車と9号車にあるギャレーで休んでいる。

山本《やまもと》車掌は、あと十二、三分で新宿だなと思い、ゆっくりと十一両の客席の中を見て廻った。

座席の色は赤とブルーで、両端のパノラマカーは、赤を主体とし、中間の4号車から8号車が、落ち着いたブルーに統一されている。

山本は、先頭車から、2号車、3号車の方へ歩いて行った。

座席は、バケットタイプの回転クロスシートで、向い合せにすることが出来る。5号車でも、いくらかの座席が向い合せにされていて、空《あ》いているのを幸い、足を前の座席に投げ出して、眠っている乗客もいた。

せっかちに、網棚から荷物を下して、降りる支度《したく》をしている人もいる。

7号車には、化粧室の向いに、テレホンカード専用の公衆電話が設置されていたが、若い女が、ひとり、山本に背を向けて、

「もう安心して。すんだわ！」

と、妙に甲高《かんだか》い声で、電話で喋《しゃべ》っている。

(何だろうな？)

と、思いながら、深くは考えず、山本車掌は、8号車へ入って行った。

座席に付いている折りたたみ式のテーブルに、男の乗客が、だらしなく窓に伏して、じっと動かないのが見えた。

座席は向い合せになっていて、紙コップが、じゅうたんを敷いた床に転がっていた。

(酔っ払っているのか？　困ったものだ)

と、山本は、眉《まゆ》をひそめながらも、間もなく新宿に着くので、

「お客さん。もうすぐ終着の新宿ですよ」

と、声をかけた。

相手は、起きる気配がない。

「お客さん！」

と、少し声を大きくして呼んだ山本車掌は、突然、声を呑《の》んでしまった。

今まで、テーブルが濃茶色だったので気がつかなかったのだが、俯伏《うつぶ》せた顔のところから、べっとりと血が流れ出て、それが乾き始めているのに気がついたからである。

床のグレーのじゅうたんについている茶色いしみも、コップのコーヒーがこぼれたのかと思ったが、よく見れば、血なのだ。

山本車掌は、身体がふるえてくるのを感じた。

(とにかく、新宿駅に連絡しなければ――)

と、山本は、あたふたと、乗務員室に向って通路を歩いて行った。

2

警視庁捜査一課の十津川《とつがわ》警部たちが、小田急新宿駅に着いたのは、一五時五五分、問題の列車が到着した十二分後である。

初動捜査班の刑事たちが、すでに捜査を進めていた。

十一両編成の特急「はこね」は、ホームに停車したままになっている。

十津川は、部下の亀井《かめい》刑事と、無言で車内へ入って行った。

8号車の死体は、まだ、そのままになっていた。

「動かすのは、君が来てからと思ってね」

と、初動捜査班の坂本《さかもと》が、十津川にいった。

「外傷はないようだね」

十津川は、男の死体を、注意深く見ながらいった。夏の背広姿で、ネクタイも、きちんとしている。一見、中年のサラリーマンという感じだった。

「恐らく、青酸中毒だと思うね。苦しかったとみえて、唇《くちびる》を噛み切っているので、血が流れている」

「身元は、まだ、わからないのか？」

「これがポケットにあったよ」

と、坂本は、運転免許証を見せてくれた。

写真は、死者に間違いなかった。

〈高見沢《たかみざわ》敬《たかし》〉

と、運転免許証には、書かれている。年齢は、四十歳。

「私と同じ年齢だよ」

と、十津川は、小さくいった。

住所は、東京世田谷区である。

「他にも、所持品は、いろいろ、あった」

と、坂本はいい、死者のポケットにあったものを並べてくれた。

二十万円近く入っている革財布

ダンヒルの腕時計

「はこね22号」の切符（箱根湯本―新宿）

二つのキーのついたキーホルダー

パーカーのボールペン

四つに折った便箋《びんせん》一枚

「興味があるのは、その便箋と、薬包紙だよ」

と、坂本がいった。

十津川は、便箋を広げてみた。

ボールペンの字が並んでいた。が、ひどく、乱れたものだった。

〈とうとう、お前を殺してしまった。
こんなことになるとは、考えてもいなかった。許してくれ。冴子《さえこ》
私も、すぐ、君のあとを追うつもりだ。罪をつぐなうためにも〉

「遺書かな?」

と、十津川は、坂本を見た。

「とにかく、それは、君が調べてくれ。それに、薬包紙には、白い粉が付着している。恐らく、青酸カリの粉末だと思うよ」

と、坂本はいってから、

「あとは頼む」

と、いって、引き揚げて行った。

鑑識が、車内の写真を撮《と》り、紙コーヒーカップなどを、持ち去って行く。

死体も、解剖のために、運び出された。

十津川は、死んだ高見沢敬が、車内販売でコーヒーを買ったとみて、車内販売のウェイトレスたちに会った。

特急「はこね」では「走る喫茶室」を売り物にして、日東紅茶と森永エンジェルが、交替でサービスしており、今日の「はこね22号」は、日東紅茶の受持ちだった。

ユニホーム姿のウェイトレスたちは、十津川の質問に首をかしげて、

「あのお客に、コーヒーを持って行ったのは、覚えていませんけど」

と、いった。

「8号車の担当は？」

「私です」

と、ウェイトレスの一人が、十津川を見た。

名前は、白井《しらい》かおりだという。

「本当に、覚えがないの？」

亀井が、やや厳《きび》しい声で、きいた。

「よく覚えていないんです」

「しかし、紙のコーヒーカップがあったんだ」

「じゃあ、お運びしたんだと思いますけど」

と、白井かおりは、あっさりと肯《うなず》いた。

乗客の一人が死んだことで、動転しているのかも知れない。

この特急車両では、3号車と9号車に売店があり、ウェイトレスは、乗客からの注文を聞くと、それをカードに記入し、各車両についている送信機で、売店に知らせることになっているということだった。

もちろん、死んだ男の足元に落ちていた紙コップは、車内販売のコーヒーのものだった。

そのコップも、薬包紙も、鑑識のために、すでに持ち出されていた。

十津川と亀井は、ホームに降りた。

十津川は、便箋を亀井に見せた。

「カメさんの意見を聞きたいな」

「遺書みたいですね」

と、亀井もいった。

「ただ、誰に宛《あ》てたものかが、わからないし、署名もない」

「死んだ高見沢敬のことを調べれば、この冴子という女性のことが、自然にわかってくると思いますが」

「この便箋の指紋も、もう、調べられたんですか？」

「そうだな」

「さっき、鑑識が調べたよ」

と、十津川はいった。

「自殺だとすると、なぜ、小田急線の車内で死んだかという疑問が起きますね。箱根湯本から乗っているわけですから、もっと、自殺にふさわしい場所があったでしょうに」

亀井が、首をかしげて見せた。

「同感だが、切羽《せっぱ》つまっての自殺ということも、考えられるよ」

と、十津川はいった。

3

自殺、他殺のどちらかに決めかねるまま、死んだ高見沢敬についての調査が、開始された。

高見沢敬は、東京にスーパーマーケットを三店持っている青年実業家だった。

妻の名は、冴子。夫の高見沢とは、十五歳違っている。二人の間に、子供はいなかった。

高見沢は、前の妻と離婚したあと、新人女優の中井《なかい》冴子と結婚していた。

「二人が結婚したのは、三年前で、高見沢が三十七歳。冴子の方は、二十二歳です。夫婦仲は、最初はうまくいっていたようですが、最近になって、よく、ケンカをしていたという噂もあります」

と、西本《にしもと》刑事が、十津川に報告した。

「それで、高見沢は、夫婦仲を修復しようと思ったのか、七月二日に休みをとり、二人で、富士、箱根に出かけています」

と、日下《くさか》刑事が続けた。

「それは、誰がいったんだ?」

「高見沢は、高見沢商事という会社をやっているんですが、甥《おい》で副社長の広田実《ひろたみのる》という男の証言です。久しぶりに五日ほど家内と旅行してくると、いったそうです。これは、世田谷区駒沢《こまざわ》の自宅のお手伝いも、同じことを証言しています。旅行に行ってくるから、留守を頼むといわれたと、いっています」

「富士、箱根か」

「はい」

「七月二日から、五日間といったね?」

「そうです。六日まで、つまり、今日までです」

「旅行のくわしいスケジュールは、わかっているのかね?」

と、十津川はきいた。

「それが、気ままにということで、副社長の甥も、お手伝いも知らされていなかったようです」

と、日下はいった。

「その副社長に、会ってみたいね」

と、十津川はいった。

夜に入ってから、十津川は、亀井と、阿佐谷《あさがや》のマンションに、広田実を訪ねた。

JR阿佐ケ谷駅近くの高級マンションである。七階の最上階を、ワンフロアにして、住んでいた。

まだ、三十二歳と若く、なかなかの美男子だった。

広い応接室に通ると、二十五、六歳の、いかにも、有能な秘書という感じの女性が、コーヒーを運んできた。

広田夫人と思ったが、彼は離婚して、今は独身ということだった。

「スーパーの仕事というのは、一日、いや、一時間の休みも許されないので、彼女には、ここでも仕事をやってもらっているんですよ」

と、広田は、十津川にいった。誤解されては困るといういい方だった。

「高見沢さんは、間違いなく、奥さんの冴子さんと一緒に、旅行に出られたんですか？」

十津川は、広田の顔を見て、きいた。

「ええ。僕は、東京駅まで、二人を送って行きましたからね。七月二日の朝ですよ」

「東京駅から、どう行ったか、わかりますか？」

「新幹線で、三島《みしま》へ出て、三島からバスかタクシーで、富士吉田《ふじよしだ》か、河口湖《かわぐちこ》へ出るつもりだと、いっていましたよ」

「何時の『こだま』に乗ったか、覚えていますか？」

「確か、午前九時一六分発だったと思いますよ」

「最初の日は、どこへ泊ったか、わかりませんか？」

「それが、わからないのですよ。若い刑事さんにも申し上げたんですが、社長は、スケジュールを立てない、気ままな旅行をしたいと、いわれましてね。ですから、ホテルや旅館のリザーブはしてなかったんです」

「しかし、何か連絡が必要な時は、困ったんじゃありませんか？」

亀井が、横からきいた。

広田は、肯いて、

「そうなんですよ。今もいったように、毎日が勝負の仕事をしていますから、どうしても、社長の決裁を得なければならない事があります。それで、毎日、連絡を取れるようにしておいてくれないかと、頼んだんです」

「それで？」

「社長は、こういいましたよ。今日まで、仕事のことだけを考えて、馬車馬のように、働いて来た。おかげで、何とか、三つの店を持ち、社長と呼ばれるようになったが、そのために、家庭のことを顧《かえり》みる余裕がなかった。妻との仲が上手《うま》くいかなくなってしまったのは、そのせいだから、四日間だけは、仕事のことは全《まつた》く忘れて、妻と話し合いたい。だから、ホテルも教えないし、連絡もしないとです。そういわれると、それ以上、強くいえませんでしたよ」

広田は、肩をすくめるようにして、いった。

「仕事にかまけて、奥さんのことを放っておいた。それが、夫婦仲の悪くなった原因だったというわけですか？」

と、十津川は、念を押すようにきいた。

「そうです。再婚した当時は、うまくいっていたんです。奥さんも、社長が仕事第一で動き廻るのを、頼もしいと思っていたんだと思いますね。ところが、仕事に追われて、店に泊り込んで、何日も帰宅しないことが続く中《うち》に、おかしくなったんですよ」

「だから、あなたは、再婚しないというわけですか？」

と、亀井がきいた。

「まあ、そうですね。独身の方が、気軽ですからね」

「高見沢さんは、今日まで、五日間、全く、連絡して来なかったんですか？」

十津川が、きいた。

「そうです」

「今日、高見沢さんは、箱根湯本から、小田急の特急『はこね22号』に乗ったんですが、このことも、連絡して来なかったんですか？」

「そうです。七月六日に帰って来るとは、いっていましたが。六日には、奥さんとの仲も修復して、帰京すると、いっていたんです。僕も、期待して、仕事をがんばっていたんですがねえ」

「高見沢さんは、コーヒーが好きでしたか？」

「好きで、よく、飲んでいましたよ」

と、広田は肯いた。

十津川は、高見沢がポケットに入れていた手紙を、広田に見せた。

広田は、それを、じっと見ていたが、

「これは？」

「死んだ高見沢さんが、ポケットに入れていたものです。彼の筆跡ですか？」

「と、思いますが、こんなに乱れた字を見るのは、初めてですよ」

「手がふるえていたのかも知れません。感情が激してくると、手がふるえて、なかなか上手く、字が書けませんからね」

と、十津川はいった。

国会に証人として呼ばれた財界の大物が、手がふるえて、うまく署名できなかったのを、十津川は、TVで見たことがある。

「もし、これが社長が書いたものだとすると、社長は、どこかで、奥さんを殺したことになりませんか？」

広田は、十津川を見つめるようにして、きいた。

「あなたはどう思いますか？」

と、十津川は、逆にきき返した。

「とんでもない。社長に人は、殺せませんよ。特に、奥さんは」

「しかし、二人の仲は、うまくいってなかったんでしょう？」

「そうですが、社長には、殺人はできませんよ」

広田は、険《けわ》しい表情でいった。

「高見沢さんは、青酸カリを手に入れる方法を、知っていたと思いますか？」

これは、亀井がきいた。

「スーパーというのは、あらゆる物を扱っていますからね。下町のメッキ工場から、製品を納入させることだってあります。だから、青酸カリを入手するのは、比較的簡単だったと思いますね」

と、広田はいった。

4

夜半になって、科研から、報告があった。

座席の傍のじゅうたんに転がっていた紙コップから、残ったコーヒーが検出され、その中に、砂糖と致死量の青酸カリが、混入されていた。

薬包紙に付いていた粉末は、青酸カリである。

＊

高見沢敬の解剖報告もあった。

死因は、やはり、青酸中毒による窒息死《ちっそくし》である。

死亡推定時刻は、七月六日の午後二時から三時までの間である。

＊

鑑識からは、その前に、指紋について、十津川は、報告を受けていた。

問題の紙コップ、薬包紙、便箋には、高見沢敬の指紋が、はっきりとついていたということだった。

＊

「死亡推定時刻だが、『はこね22号』は、一四時一三分に箱根湯本を出発しているから、一四時一三分から一五時までと、考えていいね」

と、十津川は、亀井にいった。

「自殺とすれば、高見沢は、富士、箱根ルートのどこかで、妻の冴子を殺し、六日の一四時一三分に、『はこね22号』に乗った。しかし、妻を殺した自責の念から、車内で、ふるえる手で遺書を書き、青酸カリで自殺したことになりますね」

「カメさんは、自殺説かね？」

「わかりません。自殺とすると、不審な点が、いくつかありますね」

「どこだね？」

「一つは、青酸カリです。高見沢は、青酸カリを、いったい、どこで手に入れたのか」

「副社長の広田は、下町のメッキ工場から、簡単に手に入るようなことを、いっていたじゃないか」

「そうですが、それなら、高見沢は、旅行に出発する時から、青酸カリを持っていたことになります。いったん、東京に戻って、手に入れたのなら、何も、あの列車に乗って自殺する必要はありませんから。とすると、高見沢は、奥さんとの仲を立て直すために旅行に出かけたはずなのに、青酸カリを持っていたことになってしまいます」

「他にも、おかしな点があるかな?」

「例の遺書です。普通に考えると、『はこね』の車内で、じっと考え込んでいて、感情が激して書き、青酸カリで自殺したことになりますが、便箋を一枚だけ持って歩いていたんでしょうか? そこのところが、納得《なっとく》できません」

「なるほどね」

「他にも、彼の所持品が見つかっていないのが不審です。五日間、旅行していたわけですから、スーツケースかボストンバッグを持っていなければ、おかしいと思うのですよ」

「ちょっと、聞いてみよう」

と、十津川は、車を公衆電話の傍でとめ、別れて来たばかりの広田に、電話をかけた。

「聞き忘れたのですが、高見沢さんは、東京を出発される時、ボストンバッグかスーツケースを持っていましたか?」

と、十津川はきいた。

「さあ、どうでしたかねえ」

と、電話口で、広田は、当惑《とうわく》したような声を出してから、

「社長は、いつも、ルイ・ヴィトンのボストンバッグを持って旅行していましたから、七月二日も、同じだったと思いますね。なぜですか?」

「それが、まだ見つかっていないからですよ」

とだけいって、十津川は、電話を切り、パトカーに戻った。

5

自殺か、他殺かの判断はつかなかったが、新宿警察署に、捜査本部が設《もう》けられた。自殺であっても、高見沢が、どこかで、妻の冴子を殺している可能性があったからである。

富士、箱根ルートのどこで殺し、死体は、どうなったのか？

ひょっとすると、死亡していないことも考えられるので、高見沢冴子の両親や、親戚、或いは、彼女の短大時代の友人たちにも当ってみたが、誰も、消息を知らなかった。

彼女の両親は、現在、福島市内に住んでいるのだが、ここ一ヵ月、何の連絡もなくて、心配していたということだった。

十津川は、富士、箱根のある神奈川と、静岡、山梨の各県警に、彼女の顔写真を送って、協力を要請したが、自分も、このルートを歩いてみなければならないだろうと思っていた。

七月七日の昼になって、小田急新宿駅から、高見沢敬のものと思われるボストンバッグが見つかったという知らせが、捜査本部に届いた。

十津川と亀井は、すぐ、駈けつけた。

助役が、駅長室で、そのボストンバッグを見せてくれた。

ルイ・ヴィトンのバッグで、名札がついていた。それは、ローマ字で「TAKAMIZAWA」と書いてある。

「駅構内の屑《くず》入れの中に、突っ込んでありました。チャックも開いていましたし、中をかき廻した形跡もあるので、恐らく、事件の前後に、何者かが盗んで行き、捨てていったものと思います」

と、助役が説明した。

十津川は、手袋をはめた手で、中身を机の上に取り出した。

下着や、化粧具セットなどが、出て来た。化粧具は、アラミスである。オーデコロンはふたが外《はず》れて、丸めた下着にしみ込んでいる。盗んだ人間が、金目のものだけ盗《と》って、あとは突っ込んでおいたのか。

小型の時刻表と、富士・箱根のガイドブックもあった。

そして、もう一つ、十津川の眼を捕えたのは、丸めた便箋だった。

十津川は、それを、亀井に見せた。

「例の便箋と同じですね」

と、亀井も、眼を輝かせた。

「便箋を持って、旅行していたのかな」

「旅先から、手紙を出す気だったのかも知れません」

「副社長には、二人だけにしておいてくれといっているのにかね？」

「その二人の間が、うまく修復できたら、奥さんの両親に、手紙を出す気だったんじゃありませんか」

「封筒は？」

「忘れたのかも知れませんし、ホテルや旅館のものが使えます。便箋の方は、使いなれたものがいいと思って、ボストンバッグに入れたということも考えられます」

「そして、最後の日に、その便箋に殺人の告白を書きつけたか」

「そうです」

「とにかく、高見沢の指紋がついているかどうか、鑑識で調べてもらおう」

十津川は、助役にいって、ボストンバッグを借りて行くことにした。

捜査本部に戻ると、十津川は、すぐ、ボストンバッグや便箋に、高見沢の指紋がついているかどうか、鑑識に調べさせた。

結果は、すぐ出た。

ボストンバッグの、手で持つ皮の部分と、化粧具、それに便箋の表紙から、高見沢の指紋が検出されたと、報告されたのである。

全《すべ》て、高見沢の物だったのだ。

「どうやら、カメさんのいう通りのようだね」

と、十津川は、亀井にいった。

「しかし、まだ、腑《ふ》に落ちないことがありますよ」

「青酸カリの件かね？」

「そうです」

「それに、肝心《かんじん》の高見沢冴子の死体が見つからないと、自殺の裏付けには、ならんね」

「見つかりそうですか？」

「静岡県警は、富士周辺は広いですよと、いっていたね」

「われわれも、行ってみますか？」

「明日、午前九時一六分発の『こだま』に乗って、三島へ行ってみようじゃないか」

と、十津川はいった。

「七月二日に、高見沢夫婦が辿《たど》ったルートを見つけるわけですか？」

「それがわかれば、死体も見つかるんじゃないかな」

と、十津川はいった。

6

翌八日は日曜日だから、厳密にいえば、七月二日とは違うかも知れないが、九日の月曜日まで、待てなかった。

十津川と亀井は、午前九時一六分東京発の「こだま417号」に乗った。

日曜日に、梅雨の晴れ間が重なって、車内は、ほぼ、満席に近かった。

フルムーンらしい老夫婦の姿が多かったが、彼らは、いい合せたように、熱海《あたみ》で降りて行った。

新丹那《しんたんな》トンネルを抜けると三島で、定刻の一〇時二〇分に着いた。

二人は、列車を降り、改札口に向って、歩いて行った。

昨日は、一日中、じめじめとして、梅雨寒《つゆざむ》だったが、今日のように晴れると、やはり、七月の暑さである。

県警にはわざと連絡しておかなかった。県警は、独自に高見沢冴子の行方を追ってくれており、その邪魔をしてはいけないと思ったこともあったし、十津川としては、高見沢敬の足取りの方も、確認したかったからである。

三島から、富士吉田、河口湖に向けて、富士急バスが走っている。どちらへでも、二時間足らずで行く。

高見沢夫婦は、このバスに乗ったのだろうか？　それとも、タクシーで行ったのか？

富士急行バスの発着場に行って、十津川は、時刻表を見た。

一〇時四〇分、一〇時五五分、一一時三〇分と、この時間帯には、富士吉田経由河口湖行のバスが出ていた。

三島着が、一〇時二〇分だから、一〇時四〇分発のバスにも、乗ろうと思えば、乗れたはずである。このバスに乗ると、御殿場《ごてんば》（一一時三五分）――旭日丘《あさひがおか》（一二時一一分）――富士吉田（一二時三二分）――河口湖（一二時四〇分）のルートになる。

「カメさんは、どう思うね？　このバスに乗ったと思うかね？　それとも、タクシーを使ったと思うかね？」

「それに、レンタカーの線もありますよ。高見沢は、運転免許証を持っていましたから」

と、亀井は、いう。

「そうだね、むしろ、レンタカーを使った可能性の方が、高いかも知れないね。二人だけの世界に入れるのは、タクシーやバスよりも、レンタカーだろうからね」

「一つ一つ、調べていきましょう」

と、亀井はいった。

一番、調べやすいのは、レンタカーだった。もし、七月二日に、高見沢夫婦が、ここでレンタカーを借りていれば、営業所に、どちらかの名前が残っているはずだった。

十津川と亀井は、駅の近くにある二つのレンタカー営業所で、調べてみた。

しかし、どちらでも、高見沢夫婦の名前は、見つからなかった。

次は、タクシーの線である。

駅前のタクシーのりばで、片っ端から、運転手に高見沢夫婦の写真を見せて、七月二日の午前十時半頃に、乗せなかったかどうか、聞いて廻った。

嬉しいことに、五台目のタクシー運転手が、肯いてくれた。

「七月二日の昼前に、確かに、この二人を乗せましたよ」

と、五十二、三歳に見える小柄な運転手は、十津川にいった。

「同じ場所まで、われわれを乗せて行ってくれないか」

と、十津川はいい、亀井と、そのタクシーに乗り込んだ。

走り出して、すぐ、運転手は、

「今年は、まだ、富士山に雪が多くて、登山が禁止されているんですよ。それで、お客が少ないですよ」

と、いった。

七月一日が、富士山の夏山開きなのに、急に冷え込んで、七月三日、四日と、頂上付近に雪が降ったのだという。

そういえば、今、見える富士山頂付近は、まっ白である。

「写真の二人は、どこまで行ったのかね？」

と、亀井がきいた。

「河口湖ですよ」

「二人の様子は、どうだったね?」

「あんまり、話はしなかったですよ。夫婦らしかったけど、上手《うま》くいってないんじゃないですか」

「それらしい会話をしていたかね?」

「自然に、ちらちら、聞いてたんですよ。女の方が、このままだと別れるより仕方がないみたいなことを、いっていましたね」

「それに対して、男は、何といっていたね?」

「小声で、説得しているみたいだったけど、何をいっているかは聞こえませんでした」

「その他には?」

「女の方は、こんなことも、いってましたよ。あなたは、仕事に夢中で自分をかまってくれなかったって。実は、私も、昔、家内に同じことをいわれたんで、よく、覚えているんです」

と、運転手はいった。

「それで、あんたと奥さんは、別れたのかね?」

と、亀井がきいた。

「いや。何とか、今でも、同じグチをこぼしながら、一緒にいますよ」

と、運転手は笑った。

7

タクシーは、東名高速の御殿場インターを通り、国道138号線を山中湖に向う。途中で、河口湖行のバスを追い抜いた。

梅雨の晴れ間で、眼前に富士がそびえ、今、その裾野《すその》を走っている。

「考えてみれば、三島でレンタカーを借りるくらいなら、自宅から車を使ったでしょうね。東名で来て、今の御殿場インターで、おりればいいんですから」

と、亀井が、今、気がついたようにいった。

「そうだね。だが、高見沢は、社長だから、いつもは自分では運転していなかったのかも知れないが」

と、十津川もいった。

高見沢も妻の冴子も、レンタカーを借りて富士、箱根を周遊するほどの自信は、なかったのだろう。

道路はのぼりになり、やがて、籠坂峠《かごさかとうげ》を越える。

「ここから、山梨県です」

と、運転手が教えてくれた。

十津川が、高見沢夫婦と同じ道を走ってくれといったので、河口湖方面へのバイパスになっている東富士五湖道路には入らず、国道138号線の方を走り続けた。

「お客さんが、山中湖も見たいと、おっしゃったものですからね」

と、運転手はいった。

その言葉通り、山中湖の湖面を見ながら、タクシーは走る。湖では、色とりどりのセールをつけて、ウインドサーフィンが行われていた。

白鳥の形をした遊覧船も、のんびりと動いている。

窓を開けると、涼しい風が入ってくる。冷房を切っても、爽《さわ》やかだった。それだけ、この辺《あた》りは高原なのだろう。運転手に聞くと、標高は、千メートルぐらいだろうということだった。典型的な避暑地なのだ。それだけに、道路沿いに、ホテルや洒落《しゃれ》たレストランが並んでいる。

山中湖が見えなくなると、また、樹林や渓流が点在し始めた。

「二人は、景色に親しんでいたようかね？」

と、亀井が、運転手にきいた。

「男の人は、あれこれ、説明していたみたいですよ」

「すると、男は、前にも、この辺に来たことがあったのかな」

「そう思いますね。前には、こんなホテルはなかったとか、ずいぶん変ったなと、いってまんじゃありませんかねえ」
「あんまり、楽しんでいるようじゃなかったですねえ。あれじゃあ、男は、張り合いがない
「女の方は？」
したからね」

と、運転手はいった。

タクシーは、富士吉田の町に入った。富士急ハイランドの巨大な観覧車が見える。

タクシーは、右に折れて富士急行の富士吉田駅前を通り、線路沿いの道を河口湖に向った。

「あのお客さんたちは、天上山《てんじょうざん》へ行きましたけど、どうします？」

と、運転手がきいた。この辺で一番、眺めのいい所だという。

「とにかく、同じルートを走ってもらいたいんだ」

と、十津川はいった。

タクシーは、天上山下のロープウエイ前で、とまった。

「ここからは、ロープウエイで上って下さい」

と、運転手がいった。

「二人も、そうしたのかね？」

「ええ。私は、下で待っていました」

「じゃあ、その通りにしてくれ。二人は、何分ぐらいで降りて来たんだ？」

「四十分ぐらいでしたよ」

「われわれも、そのくらいで降りてくる」

十津川は、タクシーを離れ、亀井と、ロープウエイで頂上にあがってみた。三分で、一一〇四メートルの頂上に立てる。

確かに眺望は、素晴らしかった。

河口湖が、眼下に広がっている。湖のくびれた部分に、一文字にかかっている河口湖大橋が、ひときわ鮮やかに見えた。湖面を、モーターボートが走っている。ここでも、ウインドサーフィンが盛んだ。

眼を転じると富士が、そびえ立っている。

「あの辺りは、有名な青木ヶ原《あおきはら》の樹海《じゅかい》じゃありませんか？」

亀井が、指さして、きいた。

富士の足下に広がる樹海だった。十津川は、それを見つめていると、嫌《いや》でも不吉な連想に捕えられた。樹海の中に横たわっている高見沢冴子の死体だった。

七月二日、高見沢夫婦も、この展望台へあがって、二人は何を見ていたのだろうか？　高見沢は、あの青木ヶ原の樹海を、どんな気持で見たのだろうか？

四十分して、十津川たちは、タクシーに戻った。

タクシーは、湖畔をゆっくりと走り、河口湖大橋の袂《たもと》を通って、レストランの前で、とまった。

「お二人は、ここで、降りられました」

と、運転手が、レストランの名前を確めるようにしながら、いった。

「ここで、昼食をとったのかね？」

「と、思いますが、私は、三島に帰りましたので」

と、運転手がいう。

十津川と亀井は、タクシーを降り、眼の前のレストランに入って行った。

すでに、午後二時に近い。同じルートを走って来たのだから、七月二日に、高見沢夫婦がここに着いた時も、ほぼ同じ時間だったはずである。

小さいが、中に入ると、ガラス窓越しに湖面が見えた。

十津川たちは、カレーライスを注文してから、カウンターの中にいるマスターに、高見沢夫婦の写真を見せた。

「この人たちなら、覚えてますよ」

と、中年のマスターは肯いた。

「じゃあ、ここで、食事をしたんだね？」

と、亀井がきいた。

「まあね」

急に、マスターは、しかめ面になった。

「違うの？」

「うちで、一番高い料理を出したんですがね。女性の方が、お気にめさなかったらしくて、パリじゃ、こんなまずい料理はなかったとかいって、スープ皿を引っくり返しましてねえ。男の人は、しきりに謝《あやま》っていましたが」

「それは、ひどいね」

「こっちだって心を込めて作ったのにと思って、カッとしましたがね。まあ、客商売だから、我慢しましたよ」

「じゃあ、二人は、食事をしないで、出て行ったの？」

と、十津川がきいた。

「そうですよ。女の方は、ホテルへ行って食事をしたいといってましたから、この近くのLホテルへでも行ったんじゃありませんか。男の人が、この辺りで一番大きなホテルの名前を聞くんで、Lホテルを教えたんです」

と、マスターはいった。

十津川は、そのLホテルの場所を聞き、カレーライスを食べてから、外へ出た。

湖に沿って歩きながら、亀井は、

「高見沢の奥さんは、どうも、好きになれない女みたいですねえ」

と、いった。

若い女が三人で、自転車で通り過ぎて行った。

「高見沢が殺した可能性が、強くなって来たねえ」

「ひょっとすると、高見沢は、奥さんとの仲を修復するために旅行に出たんじゃなくて、最初から、殺す目的だったのかも知れませんよ」

と、亀井はいった。

「それなら、青酸カリを持って、旅行に出た理由もつくね」

「しかし、あまり面白味のない事件になってしまいます」

と、亀井は、いくらか、不謹慎《ふきんしん》ないい方をした。

妻のわがままを持て余した夫が、彼女を殺そうと考えて、旅行に出た。どこかで、目的通り、彼女を殺し、帰宅の途《と》についたが、自分のした事の重大さに気付いて、自殺してしまった。

こんなストーリイになるのだろうが、確かに、亀井のいう通り、ありふれたストーリイになってしまうのだ。
十二、三分で、Lホテルに着いた。
八階建の近代的なホテルである。ロビーに入り、フロントで、十津川は、また、高見沢夫婦のことを聞いた。

「確かに、高見沢様なら、七月二日にチェック・インされています」

と、フロント係はいい、宿泊者カードを見せてくれた。
○高見沢敬
　冴子
と、間違いなく、書いてあった。

住所も、きちんと、本当の町名が書いてあった。

「これは、どちらが、書いたんですか？」

と、十津川がきいた。

「女の方が、書かれました」

「なぜ、奥さんが書いたんだろう？」

「さあ。さっさと女の方が書かれましたから、いつも、ホテルに泊られる時は、そうしていらっしゃるんじゃありませんか」

と、フロント係はいった。

「このホテルに、予約はしてなかったんでしょう？」

と、亀井がきいた。

「はい。ただ、空部屋《あき》がありましたし、名刺も頂きましたので、泊って頂きました」

と、フロント係はいい、高見沢敬の名刺を見せてくれた。

「ここには、一泊だけ、したんですか？」

「はい。三日に、チェック・アウトされました」

「行先は、わかりませんか？」

「そこまでは、わかりませんが、うちと契約しているタクシーをお呼びしましたから、そちらで聞かれたら、わかると思います」

「じゃあ、申しわけないが、そのタクシーを呼んでくれませんか。運転手も同じ人を」

と、十津川は、フロント係に頼んだ。

8

すぐ、タクシーが来てくれた。

運転手は、写真を見ると、

「確かに、七月三日の午前十一時頃に、このホテルにお迎えに来ましたよ」

と、丁寧《ていねい》な口調でいった。

「それで、どこまで送ったのかね？」

と、亀井がきいた。

「青木ヶ原の樹海を見たいといわれたんで、まず、西湖《さいこ》を抜けて、樹海へ行きました」

「じゃあ、その通り、走って下さい」

と、十津川はいった。

十津川たちを乗せたタクシーは、西湖に向った。

「二人の様子は、どうだったね?」

と、亀井が、運転手の背中に向って、きいた。

「あまり、ご機嫌《きげん》がいいようには見えませんでしたね。男の方が、しきりになだめているようでしたが、女の方が、怒っているみたいで」

と、運伝手はいった。

河口湖での一泊でも、二人の仲は、修復できなかったということなのだろうか? それとも、高見沢にとっては、予測されたことだったのか?

西湖は、河口湖から、せいぜい二キロほどの距離だが、湖岸の景色は、がらりと変って見えた。

山裾が湖岸にまで迫り、ひっそりと静かだった。

河口湖のようなホテル、旅館などは、あまり見当らないが、民宿が多く、キャンプ場も多い。

湖岸の道を走り抜けると、もう、眼の前に樹海が広がっていた。

山梨県警のパトカーが、二台とまっているのは、こちらの要請で、樹海も調べてくれているのだろうか？　それとも、別の事件のためか？

運転手は、タクシーをとめて、

「ちょっと歩きたいといわれたので、ここで降ろしました」

「まさか、樹海に入って行ったんじゃあるまいね？」

亀井がきいた。

「いえ。決められた自然歩道を歩いて下さいと、注意申しあげたんです。くれぐれも、その道から外れないようにと。五、六十メートルも外れてしまうと、方向がわからなくて、迷うことがありますから」

「それで、無事に戻って来たんだね？」

「すぐ、戻っていらっしゃいました。雨が降って来たとおっしゃって」

「そのあと、どこへ行ったのかね？」

「箱根まで行きたいとおっしゃったんですが、それでは、時間がきついといったんです。そうしたら、今日は富士宮《ふじのみや》で泊ることにするといわれましてね。朝霧《あさぎり》高原を通って、富士宮まで、お送りしました」

と、運転手がいった。

亀井は、十津川を見て、

「富士宮まで夫婦で一緒に行ったとすると、青木ヶ原に高見沢冴子の死体がある可能性は、無くなりましたよ。だから、青木ヶ原を捜査するのは無駄だから、あの県警の刑事にいって来ましょうか？」

「それは、やめとこう。高見沢夫婦は、富士宮まで行ってから、また青木ヶ原に引き返したかも知れないからね」

と、十津川はいった。

二人を乗せたタクシーは、国道139号線に戻り、精進湖《しょうじこ》に向った。

晴れていたのが、どんよりと曇って来て、富士の姿がぼんやりして来た。

精進湖は、富士五湖の中で、一番小さい湖である。

「あのお二人は、精進湖を、ぐるっと一廻りしてくれといわれましたが、どうしますか？」

と、運転手がきいた。

十津川は、腕時計に眼をやってから、

「精進湖で、降りたの？」

「いえ。ずっと乗っていましたよ」

「それなら、まっすぐ、富士宮へ行ってくれないか」

と、十津川はいった。

その精進湖を、ちらりと見ただけで、タクシーは南下し、五番目の本栖湖《もとすこ》の横も走り抜けた。

そのまま、朝霧高原に入った。

この辺りは、富士の西側の麓《ふもと》である。広大な高原が続き、放牧されている牛の姿が見えた。

「あのお二人は、ここで昼食をとられましたが、どうされますか？　時間は、ぜんぜん、違いますが」

と、運転手が車をとめて、振り向いた。

「どうするね？」

十津川は、亀井を見た。

「まだ、午後四時を廻ったばかりで、夕食にも早いですが、あの夫婦が、ここで何を食べたか、その時、どんな様子だったかは、知りたいと思いますね」

と、亀井がいい、高見沢夫婦が寄ったという店へ、案内してもらった。

鱒《ます》の養魚場があって、その近くのレストランだった。

当然、鱒料理が主なメニューになっている。

十津川と亀井は、店内に入り、警察手帳を見せてから、高見沢夫婦の写真を見せた。

「ああ、七月三日に寄られましたよ。鱒料理を注文されました」

と、店の主人はいった。それに、ビールを、夫婦で飲んだともいう。

「二人の様子は、どうでした？　仲が良さそうに見えましたか？」

と、十津川がきくと、

「やっぱり、何かあったんですか?」

「どういうことです?」

「いやあ、見てたら、男の人が気の毒になりましてね。しきりに、ご機嫌をとっているのに、女の方は、ずっと、ぶすっとした顔でいましたからね。何か、面白くないことがあったのかも知れませんが、あれじゃあ、男は面白くないですよ。私だったら、ぶん殴ってやりますね」

「口論はしていませんでしたか?」

「食事中はなかったけど、店を出るときに、何かいい合っていたみたいですよ。言葉は、はっきりわかりませんでしたがね」

と、主人はいった。

夫婦の間の険悪な空気は、ずっと、ここまで続いていたらしい。

十津川は、礼をいって外に出ると、待っていたタクシーに乗ってから、

「七月三日だが、あの二人は、あの店を出て来てから、何かいい合いをしてなかったかね?」

と、運転手にきいた。

「そういえば、女の人が、文句をいっていましたよ。雨は降るし、ちっとも楽しくないみた

いなことです」

「それに対して、男の方はどうだった？　腹を立てているようだったかね？」

「箱根へ行けば、もっと面白いから、もう少し我慢してくれって、いっていました」

と、運転手はいう。

亀井は、眉をひそめて、

「夫は、もっと威張っていた方がいいんじゃありませんかね？」

と、小声でいった。

「奥さんに頭が上らなかったのか、それとも、意外に気が弱かったのかも知れないよ」

「だから、ある瞬間、カッとして、奥さんを殺してしまい、気弱なために、自殺してしまったんじゃないですか？」

「納得は出来るね」

と、十津川はいった。

「こんな天気でも、飛んでるんですね」

突然、運転手がいった。

「何だね？」

亀井がきくと、運転手は、窓を開けて、上を見あげながら、

「ハングライダーです。この辺に、ハングライダーの学校がありましてね」

と、いった。

なるほど、どんよりした空に、オレンジやイエローの三角形のハンググライダーが、浮んでいるのが見えた。

十津川は、一瞬、事件のことを忘れて、空を見あげていたが、

「七月三日も、飛んでいたかね？」

と、運転手にきいた。

「あの日も、小雨でしたが、飛んでいましたよ」

「二人も、見ていたかね？」

「男の人は、熱心に見てましたね。女の人は、あまり、関心がないみたいでしたが」

「そうか」

と、肯いてから、十津川は、行ってくれと、運転手にいった。

第二章　箱根の死

1

その日、十津川と亀井は、高見沢夫婦が泊った富士宮のNホテルに、チェック・インした。身延《みのぶ》線の西富士宮《にしふじのみや》駅近くのホテルである。十津川は、夕食のあと、東京の捜査本部に連絡をとった。

電話に出た西本刑事は、

「山梨、静岡、神奈川県警とも、まだ、高見沢冴子は見つからないということでした」

と、いった。

「高見沢邸の方は、どうだね？」

「今日、身内だけの葬儀が行われました。しかし、何といっても、高見沢商事の社長ですから、今月の十五日に、告別式をやるといっています。問題は喪主《もしゅ》ですが、奥さんが帰ってくれば、当然、彼女でしょうが、今のところ、甥《おい》で、副社長の広田の名前となっているようです」

「彼女から、いぜんとして、連絡なしか?」

「はい。広田のところにも、親戚、友人、知人のところにも、連絡はありません。亡くなっているという考えが、多いですね」

と、西本はいった。

十津川が電話している間に、亀井は、七月三日に、ここに泊った高見沢夫婦の様子を聞いてきた。

「これはルーム係の女性から聞いたんですが、チェック・アウトしたあと、ベッドは、二つとも、きちんとしていたそうです」

「夜の仲直りは、なかったということかな?」

「そう思います。河口湖のホテルでも、そうでしたから、夫婦の間は、今度の旅行でも、修復できなかったんじゃありませんかね」

「それどころか、前よりも、悪化してしまったかも知れないね」

「そうですね。その結果、一番悪いことになってしまったんじゃありませんか」

と、亀井はいってから、

「もう一つ、妙なことを聞きました。フロント係の話なんですが、七月三日の夜、チェック・インした日ですが、夜の十一時頃、ロビーの隅《すみ》に置かれた公衆電話で、高見沢が電話していたのを見たというんです」

「部屋に、もちろん、電話があるはずなのに？」

「そうです」

「奥さんに聞かれたくない電話だったということだろうね」

「私も、そう思います」

「それに、誰に電話したのかということが、問題になるね」

「もう一つ、電話の内容も知りたいですね。まさか、奥さんを殺したいと、誰かにいったとは思いませんが」

と、亀井はいった。

「それに近いことは電話でいったのかも知れないよ」

「近いことと、いいますと？」

「努力したが、二人の仲は、もう駄目だといったようなことさ」

と、十津川はいった。

翌朝、目覚めた時も、窓の外は、どんよりと曇っていた。恐らく、雨になるだろう。

雨の嫌いな十津川が、うんざりしていると、部屋の電話が鳴った。

受話器を取ると、「東京の西本刑事さんからです」と、交換手がいった。

まだ、午前七時を回ったばかりだった。当然、十津川は、何かあったと感じて、

「どうしたんだ？」

「ついさっき、神奈川県警から連絡が入りました。箱根の仙石原《せんごくばら》高原で、若い女の死体が発見されたそうで、どうやら、高見沢冴子と思われます」

「高見沢冴子と、確認されたわけじゃないのか？」

「今、確認作業を進めているところだそうです。恐らく、広田や、福島の彼女の両親も、呼ばれて、現地に行くと思います」

「わかった」

と、十津川はいった。

亀井にいうと、すぐ、箱根の仙石原に行きましょうと、急《せ》き立てた。

十津川は手を振って、

「いや、われわれは、ここからの高見沢夫婦の行動を追うことにしたいんだ」

「しかし、仙石原で、彼女の死体が見つかったとなれば、一直線に飛んで行った方がいいと思いますが」

と、亀井は首をかしげた。

「まだ、確認はされていないし、高見沢冴子と確認されたとしても、なぜ、仙石原で死んでいたのかを知らなければならないんだよ。殺されているのなら、なおさらだろう。そのため

には、忠実に、高見沢夫婦の足跡を追わなければならないんじゃないかね」

と、十津川はいった。

「しかし、警部。高見沢冴子が殺されていて、犯人が、自殺した高見沢だとすれば、二人の足跡を確認する必要は、もう、ないと思いますが」

「私は、確認したいんだよ」

と、十津川は頑固《がんこ》にいった。

亀井も、わかりましたといってくれた。

朝食をすませたあと、十津川は、フロントで、改めて、高見沢夫婦の行動をきいた。

「七月四日、チェック・アウトの時、あの夫婦は、タクシーを呼んでくれと、いいましたか？」

「ええ。箱根まで行きたいと、おっしゃいましたので、箱根の地理にもくわしいタクシーを、お呼びしました」

と、フロントはいった。

高見沢夫婦は、ずっと、タクシーを利用して、廻っていたらしい。

十津川は、フロントに頼み、同じタクシーを呼んでもらった。

そのタクシーが来て、十津川たちは、富士宮を出発した。

「二人は、箱根へ行ってくれと頼んだそうだね？」

と、走り出してから、十津川が、運転手にきいた。

「そうです。それで、富士インターから、東名高速に入り、御殿場インターまで行きました」

五十代の運転手は、律儀《りちぎ》に答えた。

「それは、男の方がいったのかね？」

「ええ」

「女の方は、何もいわなかったのかね？」

「黙ってましたよ。ずっと不機嫌で、乗せてる私は、はらはらしてました」

「そんなに、仲が悪そうに見えたのかね？」

「男の人が、いくら話しかけても、女の人は、ぶすっとして、碌《ろく》に返事をしませんでしたからね。本当に、箱根へ行っていいのかどうか、不安でしたよ」

「男の方は、ずっと、女性のご機嫌を取っているようだったのかね？」

「そうですねえ。なだめすかしていましたよ。私が聞いていても、優しい人だなあ、なぜ、女の人が不貞腐《ふてくさ》れているのかと、だんだん、いらいらして来たくらいでしたよ。箱根に着いた頃になると、男の人も、さすがに腹を立てたんですかねえ。『勝手にしろ』と怒鳴りましたね」

「それに対して、女は、どんな態度だったね？」

「相変らず、ぶすりとして、返事をしませんでしたよ。どうも、ああいう女は好きになれませんね。お客さんのことを、悪くいいたくはありませんが」

「そんなに、悪い女に見えたかね？」

「美人だし、頭のいい女性には見えましたがねえ。相手を、いらいらさせますよ。男の人が、可哀《かわい》そうになって来ましたよ」

と、運転手はいった。

十津川は、腕時計に目をやってから、

「ラジオをつけてくれないか。ニュースを聞きたいんだ」

と、運転手に頼んだ。

午前九時のＮＨＫのニュースが始まった。国際情勢のニュースのあとで、仙石原の事件のことになった。


〈今朝早く、仙石原高原で発見された若い女性の死体について、警察は、身元の確認を急いでいますが、どうやら、東京で、失踪《しっそう》が伝えられている社長夫人の高見沢冴子さんらしいということになって来ました。冴子さんは、夫の高見沢敬さんと、七月二日に、富士、箱根旅行に出たまま、帰宅しておらず、高見沢さんの方は、七月六日に、小田急線の車内で自殺しています。なお、仙石原高原の死体には、のどに指の痕《あと》があり、警察では、扼殺《やくさつ》

された可能性が強いと見ています〉

「やはり、殺人ですか」

と、亀井は、小声でいった。

「何となく、一つのストーリイが出来てくる感じだねえ」

十津川は、難しい顔でいった。

運転手が耳ざとく、二人の会話を聞いたらしく、

「仙石原で死んだというのは、七月四日に、私が乗せた女の人みたいですね？」

と、割り込んできた。

十津川たちが黙っていると、

「やっぱり、旦那の方が、とうとう、我慢できなくなって、殺したんですかね？」

と、運転手はいう。

「そう思うかね？」

十津川は、運転手にきいた。

「思いますよ。あの二人の話を聞いていて、私だって、旦那が、よく我慢しているなあと、思っていましたからねえ。カッとして殺したとしても、おかしくはありませんよ」

運転手は、いっきにまくし立てた。

「あんたが、旦那の方でも、殺すかね？」

と、今度は、亀井がきいた。

「私は、気が小さいから、殺すまでいくかどうかわかりませんが、あの旦那には同情しますねえ。あれは、殺された奥さんの方が悪いですよ」

運転手は、もう、高見沢が殺したものと決めたようないい方をしている。

タクシーは、東名高速に入った。

2

御殿場インターから、タクシーは、国道へ出た。

ここは、箱根への入口であると同時に、富士への入口でもある。北西へ向えば、富士五湖に行くし、東南に向えば、箱根である。

「七月四日に、あの二人が行った通りに走って欲しい」

と、十津川は頼んだ。

「じゃあ、長尾《ながお》峠を通って、箱根スカイラインに入ります」

と、運転手がいった。

十津川と亀井は、地図を広げて、そのコースを確認した。

「仙石原の横を通りますね」

と、亀井が、小声でいった。

御殿場を出て、道路は二つに分れている。左の乙女《おとめ》峠越えで、強羅《ごうら》に向えば、より、仙石原に近い。

だが、七月四日、高見沢夫婦は、右の長尾峠越えで、箱根スカイラインに向ったという。箱根スカイラインに入ると、仙石原からは、遠くなってしまうのだ。

「最初から、箱根スカイラインに行くことになっていたのかね？」

と、十津川は、運転手にきいてみた。

「いえ。初めは、大涌谷《おおわくだに》、小涌谷《こわくだに》の方に行ってくれと、男の人がいっていたんですよ。彫刻の森も見たいと、おっしゃってね。ところが、女の人が、やたらに、もう疲れたというもんだから、旦那の方が、面白くなかったんでしょうね。それなら、すぐ、芦ノ湖の近くの旅館に入ろうということになってしまって」

「それで、箱根スカイラインか？」

「湖尻《こじり》峠から、桃源台《とうげんだい》へ出てくれって、旦那がいいましてね」

と、運転手はいった。

「桃源台からなら、ロープウエイで、強羅や、大涌谷の方にも行けるね」

「はい。旦那にしてみたら、もう一度、奥さんを説得してみる気だったんじゃありませんか。

た。

タクシーは、箱根スカイラインから、湖尻峠で、芦ノ湖をめぐる道路に入り、湖尻に向っ
と、運転手は、小さく肩をすくめて見せた。

「ええ。それで、桃源台近くのホテルに送りましたよ」

「結局、駄目だったのか？」

辛抱強そうな人でしたからね」


この辺《あた》り、芦ノ湖の北の端で、観光船の発着場になっている。

湖尻と、すぐ横の桃源台の二ヵ所から、それぞれ、双胴船の「はこね丸」と、十七世紀の
イギリスの船がモデルの「ビクトリア号」の二つの観光船が出ていた。

芦ノ湖が見えてくると、その一隻《せき》、赤く塗られた「ビクトリア号」が、桟橋《さんばし》につながれて
いるのが眼に入った。

「この辺から、仙石原へ行くルートもありますよ」

と、地図を見ていた亀井が、興奮した調子でいった。

タクシーは、湖尻のHホテルの前で、とまった。

高見沢夫婦は、このホテルに入ってから、昼食をとったという。

十津川が、フロントで聞いたところ、チェック・インしたあと、冴子の方は、部屋に閉《と》じ
籠《こ》もり、夫の高見沢一人が、散歩に出かけたらしい。

「お帰りになったのは、陽《ひ》が落ちてからですから、午後七時近かったと思いますね」

と、フロント係はいった。

また、午後十一時頃には、高見沢が一人で、ホテルのバーで飲んでいるのを、バーテンが見ている。

「ええ。一時間くらい、黙って飲んでいらっしゃいましたよ。水割りを三杯ほどです。何か、面白くないことがあったんじゃないですかね。それから、電話を、どこかへおかけになりました。それだけです」

と、バーテンはいった。

高見沢夫婦は、翌五日の午前十一時、チェック・アウトしていたが、呼んだタクシーの運転手に、高見沢が、

「どこか、静かな所へ行って欲しい」

と、頼んだことがわかった。

「それで、どこへ案内したんですか?」

十津川は、運転手にきいた。

「いろいろと、考えたんですが、仙石原へご案内しました」

と、運転手はいった。

自然に、十津川と亀井は、顔を見合せた。やはりという思いが、二人にあったからである。

「これから、そこへ、案内してくれないか？」

と、十津川はいった。

二人は、タクシーに乗り、Hホテルを出発した。

さっき、亀井がいった仙石原高原へ出る道路に入る。

左手に、広大なゴルフ場が見えてきた。

「この辺で、降ろしましたが」

と、運転手は、車をとめた。

十津川と亀井は、車の中から、左手を見、右手を見た。

「ここから、二人は、どちらへ歩いて行ったのかね？」

と、亀井がきいた。

「右の台《だい》ヶ岳《たけ》の方へ歩いて行かれましたよ」

と、運転手がいった。

「君は、ここで待っていたのかね？」

「いいえ。帰っていいといわれたんで、戻りました」

と、いった。

十津川と亀井も、タクシーを降り、右手に向って歩いて行った。

標高一〇四五メートルの台ヶ岳の裾野が広がり、深い草原になっている。強い風が、草むらをなびかせている。

「向うに、パトカーがとまっていますよ」

と、亀井が指さした。

なるほど、パトカーが、二台、とまり、刑事らしい男たちが、丈《たけ》の高い草むらの中で、頭だけ見せて、動き廻っているのが見えた。

「行ってみよう」

と、十津川はいい、二人は、駈け出した。

「多分、あの辺りに、女の死体があったのだと思いますよ」

と、駈けながら、亀井がいった。

神奈川県警のパトカーの横にいた警官が、駈け寄った十津川と亀井に向って、

「向うへ行って下さい。ここは立入禁止です！」

と、怒鳴った。

十津川は、その警官に向って、警察手帳を見せた。

相手は、びっくりした顔になり、あわてて、中年の刑事を連れて来た。
三十五、六歳の背の高い男で、神奈川県警の中込《なかごめ》警部と自己紹介した。
「今日、警視庁から、来られるとは聞いていませんでしたが」

と、中込は、十津川を見て、いった。

「突然で申しわけありません。ここですか、若い女の死体が見つかったのは？」

「そうです」

「身元の確認は、出来ましたか？」

「東京から、高見沢冴子の顔写真を送ってもらい、確認しました。服装も合致しています。それに、ハンドバッグとスーツケースも見つかりましてね」

中込は、ちょっと、鼻をうごめかせた。

「それで、今、何を探しておられるんですか？」

「被害者は、扼殺されたと思われるので、今、犯人の遺留品がないかと探しているところです。何か見つかれば、それで、この事件は解決と思っていますよ」

と、中込は、胸を張るようにして、いった。

深い草むらを探していた刑事の一人が、急に声をあげて、

「中込警部！」

と、呼んだ。

「失礼」

と、いって、中込は、草むらに入って行った。

亀井が、十津川の傍に来て、

「何か見つかったようですね」

「多分、高見沢の持ち物だろう。夫婦は、ここへ一緒に来たんだから、別に不思議はないよ」

と、十津川は、冷静にいった。

中込警部は、パトカーのところに戻ってくると、手袋をはめた手で、うすい、洒落《しゃれ》たライターをつまんでいた。

それを、十津川に見せて、

「TAKAMIZAWAと、名前が入っていますよ」

「そうらしいですね」

「これで、夫の高見沢が、ここで妻の冴子を扼殺したことは、まず、間違いありませんね」

「その高見沢は、箱根湯本発の小田急の車内で死んでいます」

「自責の念からの自殺でしょう。無理心中みたいなもんですよ。まあ、これで、片がつきましたね」

と、中込は微笑した。

「遺体は今、どこですか？」

「小田原警察署に運ばれています。今頃は、両親や広田副社長が着いて、確認していると思いますよ。そのあと、解剖に廻されることになっています」

「われわれも、遺体を見たいんですが」

「ここでの調べも終りましたから、一緒に帰りますか」

と、中込はいい、十津川たちも、パトカーに乗せてもらい、小田原に向った。

強羅、湯本を通り、小田原に着いた。

小田原警察署は、小田原城址《じようし》の堀端《ほりばた》にある。福島から、高見沢冴子の両親が、冴子の妹で、大学三年の美矢子《みやこ》と一緒に来ていたし、広田も姿を見せていた。

十津川は、署内で広田に会った。

「間違いなく、社長の奥さんでしたよ。こんなことになって、残念で仕方がありません」

と、広田は、唇を噛《か》むようにして、いった。

「それで、あなたは、どう考えるわけですか？」

十津川がきくと、広田は、一瞬、戸惑いの色を見せてから、

「ここの署長は、無理心中じゃないかといっていましたが、そうかも知れないなと思いました。結婚した頃は、二人ほど仲のいい夫婦はないと思ったんですがねえ」

「旅行先から高見沢さんが、あなたに電話しませんでしたか？」

と、十津川がきくと、広田は、また、当惑の表情になって、

「電話なんかありませんし、第一、社長は、出発するとき、私が、居所を教えてくれ、電話しなければならないことがあるかも知れないからといったのに、気ままな旅をしたいから駄目だといったんですよ」

「しかし、間違いなく、高見沢さんは、宿泊した二つのホテルから、どこかへ電話しているんですがね。しかも、奥さんの冴子さんには内緒にです」

「じゃあ、私以外の人間に電話したんじゃありませんか。私は、電話をもらっていませんよ」

「心当りは、ありませんか？」

「そうですね。考えられるのは、冴子さんの両親ですよ。どうしても、彼女と上手《うま》くいかない、申しわけないと、電話で謝ったんじゃありませんか。両親も、心配していましたからね」

「聞いてみましょう」

と、十津川はいい、今度は、冴子の両親と、彼女の妹の美矢子に会った。

同じ質問をすると、母親の方が、

「いいえ、高見沢さんからは、何の電話ももらっていませんわ。七月二日に、冴子と旅行に行ったのさえ、知らなかったんですよ」

と、口惜《くや》しそうに、いった。

「あなたも、知りませんでしたか？」

十津川は、美矢子にきいた。彼女は、現在、両親と同居している。

「ええ。高見沢さんからも、姉からも、電話はありませんでしたわ」

と、美矢子も、首を横に振った。

「しかし、高見沢さんは、三日と四日の二回、どこかに電話しているんです。自宅ではないし、甥の広田さんでもないというんですよ。広田さんは、冴子さんのご両親だろうといっているんですがね」

「私たちじゃありませんわ」

と、もう一度、母親がいった。

3

高見沢冴子の死体は、解剖のため大学病院に送られた。

その結果が出たのは、午後五時になってである。

死因は、やはり、窒息死であり、死亡推定時刻は、七月五日の正午から午後一時の間だった。

高見沢夫婦は、七月五日の午前十一時に、Hホテルをチェック・アウトし、タクシーで仙石原に向っている。

と、すれば、仙石原に着いて、一時間以内に扼殺されたことになってくる。

午後六時から、小田原署で開かれた捜査会議で、十津川は、高見沢夫婦の足跡を追った結果を報告した。

タクシー運転手の話も、電話の話も、全てである。

十津川は、小型のテープレコーダーを持って歩いていたので、そのテープも、捜査本部長や中込警部に聞かせた。

「それで、十津川警部の結論を聞かせてもらえませんか」

と、本部長がいった。

「全ての状況を、そのまま受け取れば、高見沢敬が、妻の冴子との仲を修復しようとして、二人だけの旅に出たが、かえって悪化し、七月五日、カッとして、仙石原で妻を扼殺し、自分も、翌六日、東京へ帰る小田急の車内で、青酸カリで自殺したということになります」

「それじゃいけませんか？」

と、中込警部が、十津川を見た。

「いや、いけないということはありません。恐らく、一番納得《なっとく》できる推理だと思いますね」

「それなら、その結論で、いいんじゃありませんか？　被害者の家族も、広田副社長も、この話を信じると思いますよ」

と、中込はいい、本部長は、十津川に向って、

「どうも、十津川警部のいい方は引っかかるんだが、夫の高見沢が犯人では、何か、おかしい点があるんですか？」

と、眉をひそめて、きいた。

「これは、うちの亀井刑事とも話したんですが、一つ、二つ、引っかかる点があるのです。その一つは、青酸カリのことです。高見沢が、なぜ、青酸カリを持っていたのかがわかりません」

と、十津川はいった。

「彼が、妻の冴子を殺したのは、七月五日の昼です。そのあと、高見沢は、箱根をさ迷い歩いたんじゃありませんか。小田急の特急に箱根湯本から乗ったのは、翌六日の一四時一三分ですからね。その間に、どこかで青酸カリを手に入れたということだって、考えられますよ」

と、中込がいった。

「しかし、薬局で買うとすると、手続きがいりますよ」

と、亀井がいった。

「それなら、最初から持っていたと考えたらいいんじゃありませんか？　妻の冴子と話し合って、うまくいかなかったら、心中するつもりか、或いは殺す気でですよ。それで、納得できるんじゃありませんか？」

「私たちも、そう考えてみたんです」

と、十津川は、正直にいった。

中込は、肩をすくめるようにして、

「それなら、問題はないじゃありませんか？」

「高見沢は、この旅行の間、辛抱強く、妻の冴子に向って、夫婦仲の修復を呼びかけているんです。涙ぐましいくらいです」

「それに彼女が応《こた》えなかったので、カッとして、殺してしまったんでしょう。あり得ることですよ」

「しかし、これほど、夫婦の間を元に戻そうと願っている人間が、青酸カリを持って、旅行に出かけるでしょうか？」

と、十津川はいった。

「しかし、持っていたんですよ。こうだって考えられますよ」

と、中込は、じっと思案しながら、

「高見沢は、七月五日、仙石原で、カッとして、妻の冴子を殺してしまった。もちろん、その時は、青酸カリは持っていなかった。彼は、死体を草むらにかくし、あわてて東京に帰った。三時間もあれば、帰れたと思いますね。誰にも知らせずに、家に入り、高見沢は、自宅にあった青酸カリを持って、再び、仙石原へ来た。それが、六日の午前中でしょう。妻を殺した仙石原で、自分も死のうと思ったんですよ。だが、死に切れなかった。或いは、あの辺りは、一面の草原だから、妻の死体が、見つからなかったのかも知れません。それで、東京に帰って、全てを、甥の広田になり、他の友人に打ち明けようと思い、一四時一三分に、箱根湯本から、『はこね』に乗った。だが、東京が近づくにつれて、気が動転して来た。考えられないことじゃありません。妻を殺したと、甥や友人に打ち明ける勇気が、なくなって来たんです。それで、遺書を書き、車内で青酸カリを飲んだ。いかがですか？　これで、納得できませんか？」

「私は、中込警部の推理は十分に説得力があると思うが、駄目ですか？」

と、本部長が、十津川にきいた。

「いや、説得力があると思いますよ、高見沢が、いったん、自宅に帰ったとは考えていませんでした。七月五日に帰京して、青酸カリを持って仙石原に戻ったとすれば、青酸カリの疑問は解消されますから」

十津川は、素直《すなお》にいった。

本部長は、ニッコリしてから、

「他に、まだ、疑問がありますか？」

「あとは、電話のことですね。高見沢は、どこの誰に、何の電話をかけたのか？　妻の冴子に内緒にです」

と、十津川はいった。

中込が、そんなことは簡単だと、いわんばかりに、

「甥の広田副社長は、自分一人が、今度の旅行について、相談を受けていたようにいっていますが、それは違うのではないか。高見沢に、夫婦で旅行して来いと、すすめた人間がいたんだと思いますね。恐らく、親友といわれる人間でしょう。その人に、高見沢は、宿泊先から結果を報告し、次にどうしたらいいか、相談していたんじゃないかと思うんですよ」

「その親友は、なぜ、高見沢夫婦が死んだ今、名乗り出て来ないんでしょう？」

と、十津川がきいた。

その質問に対しても、中込は、自信満々な口調で、

「名乗り出てくる方が、おかしいですよ。自分がすすめたことが、今度の悲劇を生んでしまったわけですからね。怖《こわ》くて、出て来られないんだと思いますし、もし、見つけて問いただしても、否定するでしょう。誰だって、責任は負いたくありませんからね」

と、いった。

「神奈川県警としては、今度の事件は、高見沢敬が、仙石原で妻を殺し、自分も青酸カリで自殺したと判断する。これを、結論としたい」

本部長は、捜査会議を、その言葉で締めくくった。

中込は、十津川と亀井に向って、

「お二人は、明日、ゆっくりと、小田原城址でも見物して帰られたらいかがですか」

と、いった。

4

翌日、小田原署では、捜査本部が、正式に解散された。

十津川は、亀井と、小田原署を出た。梅雨の晴れ間の夏の陽差しが、やたらに眩《まぶ》しかった。今年は、陽性の梅雨らしい。

「カメさん、小田原城址を見物するかい？」

と、十津川は、亀井にいった。

「本気ですか？」

「ああ、本気だよ。歩きながら、考えたくてね」

と、十津川は、真顔でいった。

二人は、砂利を敷きつめた城址公園に入って行った。

珍しいことに、動物園がある。二人は、それを横に見て、前方に見える小田原城天守閣に向って、歩いて行った。

昭和三十五年に、鉄筋コンクリートで造り直された天守閣である。

十津川と亀井は、入場料を払って、三層四階の天守閣に、あがって行った。

時間が早いせいか、四階の展望台には、誰もいなかった。

二人は、並んで、箱根の山脈《やまなみ》に眼をやった。

(高見沢冴子が死んでいた仙石原は、あの辺りか)

と、十津川は思いながら、亀井に向って、

「さっき、小田原署から、東京の新宿署へ電話を入れてみた」

「三上《みかみ》部長は、何といっていました?」

「神奈川県警と同じ判断だと、いっていたよ。高見沢が、妻の冴子を殺して、自殺したという結論だ」

「東京の捜査本部も、解散ですか?」

「三上部長は、われわれから、くわしい報告を聞いたあと、解散するといっている。神奈川県警の結論に無条件で追従するのは、三上部長にしても、嫌《いや》なんだよ」

と、十津川は苦笑した。

「警部は、やはり、今度の事件は何かおかしいと思われるんですか?」

「カメさんだって、完全には納得していないんだろう?」

と、十津川はきき返した。

「そうなんです」

「カメさんは、どこが納得できないんだ?」

「それが、ここと、はっきり指摘できずに困っているんです。青酸カリのことがあったんですが、それも何とか説明されてしまいました。例の電話のことだって、高見沢に親友がいて、それに夫婦仲のことを相談していたと考えれば、説明がついてしまいます」

「だが、なぜか納得できないか——？」

「そうなんですよ。こんないい方はおかしいかも知れませんが、口の上手い奴に説得されてしまって、何となく、おかしいと思いながら、反論できないもどかしさを感じるんです」

亀井は、そんないい方をした。

「わかるよ」

と、十津川はいった。

「警部は、どこが、おかしいと思われるんですか？」

「私はね、全体として、うまく説明されすぎているような気がするんだよ。まず、小田急の車内で、高見沢が青酸中毒死していた。なぜという疑問がわくと、ポケットから、遺書が出て来た。旅行に出ていたんだから、ボストンバッグかスーツケースが無いのはおかしいと思っていると、新宿駅の屑入れから、ボストンバッグが見つかった。仙石原高原で、奥さんの死体が見つかると、近くから、高見沢の名前の入ったライターが出て来たという具合にね」

「あのライターですが、指紋は検出されたんですかね？」

「中込警部の話では、高見沢の指紋だけが検出されたそうだよ」

「完璧ですね」

「下手《へた》な推理小説を読まされたような気がするんだよ。疑問については、一応、全部説明されている。動機も書かれている。そして、遺書だが、面白くない。そんな小説なんだよ。小説なら、面白くなくても、別に実害はないが、本当の事件では、それが問題なんだ。ひょっとすると、何かが間違っていて、面白くないのかも知れないからね。面白くないというのは、不謹慎かも知れないから、事件が解決したのだという感動がないといいかえてもいいんだがね」

と、十津川はいった。

十津川自身、どこがおかしいのか、はっきりと指摘できないもどかしさを感じていた。

「しかし、このまま、事件の解決が発表され、捜査本部が解散されても、マスコミも事件の関係者も文句はいわないと思いますよ」

と、亀井はいった。

十津川は、肯いた。

「私も、そう思うよ。今もいったように、一応、全てが説明されているからね。納得できる動機があり、犯人は、遺書を残して、自殺しているからね」

「しかし、これが違っていたら、われわれは、真犯人を見逃《みのが》してしまうことになりますね」

と、亀井がいった。

「ああ、そうだ」

「腹が立ちますよ。そんなことだったら」

「それ以上に腹が立つのは、こんな下手くそな作品に、納得させられてしまったということだよ」

と、十津川はいった。

「しかし、どうしたらいいんですか？」

「それが問題なんだよ。小説なら、下手だ、面白くないといって、本を放り投げればいいんだが、これは本物の事件だからね。なぜ面白くないか、どこが間違っているかを、指摘しなければならないんだ」

二人は、天守閣から降りて、城の外へ出た。

相変らず、陽光が眩しく、暑い。

「今日中に帰らんと、まずいんでしょう？」

と、亀井がきいた。

「ああ、三上部長は、今日中に帰れといっている」

「そして、捜査本部は、解散ですか」

「だから、なるたけゆっくり帰りたいと思っているんだがね」

と、いって、十津川は、笑った。

「どうやって、帰りますか？」

「高見沢が乗った小田急線の『はこね』に乗って帰りたいと思っているんだ。幸運に恵まれれば、今度の事件について、何か見つかるかも知れない」

と、十津川はいった。

5

二人は、わざわざ、箱根湯本まで戻り、そこから、一四時一三分発の「はこね22号」に乗ることにした。

湯本の町で、昼食をとった。ここは、典型的な温泉町である。渓流があり、その川に沿って、ホテルや旅館が並ぶ。土産物《みやげもの》店には、温泉まんじゅうやコケシが置いてある。

安心して、温泉につかれる町でもある。

時間が来たので、十津川と亀井は、箱根湯本駅に足を運んだ。

ここは新宿から来ると終点ではなく、この先も登山電車が強羅まで走っているのだと、十津川は、改めて知った。

新宿行の「はこね22号」は、すでにホームに入っていた。

何日かぶりに見る、赤と白のツートンカラーの車体だった。

その色彩が、七月六日に事件が起き、新宿駅に駈けつけた時のことを、十津川に、鮮明に思い出させてくれた。

「これに乗ることにして、よかったよ」

と、十津川は、亀井にいった。

車内は、五〇パーセントほどの乗客である。やはりウィークデイなのと、観光シーズン前のせいだろう。

8号車の席はとれなかったが、6号車に乗り、座席を向い合せにして腰を下し、高見沢がそうしていたように、真ん中に、折りたたみのテーブルを出した。

「この上で、高見沢は、遺書を書いたわけですね」

亀井は、幅のせまいテーブルを、手でなでるようにした。

「カメさんも、書いてみるかい？」

「便箋がありません」

「あるよ」

十津川は、ポケットから一枚の便箋を取り出して、テーブルの上においた。

「わざわざ、持って来られたんですか？」

「河口湖のホテルのものを、失敬して来たんだよ」

と、十津川は笑った。

一四時一三分に、列車は、新宿に向って出発した。

途中、停車するのは、小田原だけである。箱根湯本を出て、二十分足らずで小田原に着いた。

ここで、何人かが乗って来た。このあと、一時間余り、ノンストップで走る。

亀井は、ゆれるテーブルの上にホテルの便箋をのせ、ボールペンで、あの遺書と同じ文章を書き始めた。

「こいつは、書きにくいですねえ。テーブルがせまいし、ゆれますから」

「だから、あんな乱れた字になったのかな、心の乱れもあったしね」

「平常心でも、書きにくいですよ」

と、亀井は笑った。それでも、何とか、同じ遺書を書きあげて、十津川に見せた。

字が、ふるえている。

「私はひたすら物理的な理由で、そんな、ふるえた字になったんですが、もし、私の家内が殺されていたら、私が傷心で、そのため、字が乱れたと思われるでしょうね」

と、亀井はいった。

このあと、十津川は、通路に廻って来たウェイトレスに、コーヒーを二つ頼んだ。

すぐ、コーヒーが運ばれて来た。

それを、テーブルの上に置く。カップ、ミルク、そして、砂糖の袋を並べた。

亀井は、何のためらいもなく、砂糖とミルクを入れて、飲み始めた。が、十津川は、じっと考え込んでしまっていた。

「どうされたんですか？　これには、別に、青酸カリは入っていませんよ」

　と、亀井がいうと、十津川は、手を振って、

「そうじゃないんだ。六日の現場のことを思い出していたんだよ。カップは、床に転がっていた。だが、このミルクの小さなカップと、砂糖の入った紙袋は、あっただろうかと思ってね」

「ミルクの小さなカップは、あったと思いますよ。口が開いてなかったんで、ミルクを入れずに飲んだんだなと思ったのを覚えていますから」

「じゃあ、砂糖の袋だ」

「それは、私も覚えていません」

「砂糖をコーヒーの中に入れても、空袋《からぶくろ》は残っているはずだと思うんだが」

　と、十津川はいった。

「くしゃくしゃに丸めて捨ててしまったので、見つからなかったのかも知れませんよ。それとも、ウェイトレスが注文を聞きに来たとき、砂糖抜きといったので、持って来なかったのかも知れません」

「砂糖抜きか」

「私も、太るのが嫌で、時どき砂糖を入れずにコーヒーを飲みますが、効果はありません」

と、亀井はいって、笑った。

十津川は、難しい顔を崩さずに、砂糖の袋の封を切り、コーヒーに入れた。ミルクも混ぜた。

「なかなか、美味《うま》いですよ」

と、亀井がいった。

十津川は、ゆっくりと口に運びながら、テーブルに置いた砂糖の空の袋を見つめていた。コーヒーメーカーの名前が印刷されている袋だった。

丸めて、床に捨ててみた。確かに、小さな紙つぶてになってしまう。だが、初動捜査班にしろ、十津川たちにしろ、捜査のプロなのだ。見落すはずがないだろう。

もう一つは、座席に組み込まれている吸殻《すいがら》捨ての中に、入れたということが考えられる。ポッチをつまんで、引き出してみた。

だが、ここも調べたはずなのだ。

「ちょっと、電話してくるよ」

と、十津川はいい、7号車に行き、テレホンカード専用の公衆電話で、捜査本部に電話した。

電話口に出た西本刑事に向って、

「高見沢敬が死んだときのコーヒーカップだがね、コーヒーの中に、青酸が入っていたんだが、砂糖が入っていたかどうか、調べてくれないか。科研からの報告書があるはずだ」

「ちょっと、待って下さい」

と、西本はいい、二、三分、待たされてから、

「ええと、報告書によると、カップ内に残っていたコーヒーの中には、青酸カリ、砂糖が混入されていたそうです」

「ミルクは?」

「書いてありません」

「わかった。ありがとう」

「今、どこですか?　三上部長が、いらいらしておられます」

「今、小田急の『はこね』の車内だ。あと一時間余りで、そちらに帰る」

「部長に、そういっておいていいですか?」

「ああ。頼むよ」

と、十津川は、電話を切り、6号車に戻った。

6

「高見沢が飲んだコーヒーには、砂糖が入っていたそうだよ」

と、十津川は、亀井にいった。

「すると、砂糖の空の袋があるはずですね」

「そうなんだ。あの時、高見沢の座席の周辺を徹底的に調べている。それでも、見つからなかった。なぜかな。ミルクは、カメさんのいう通り、高見沢は、コーヒーに入れていないんだ」

「普通は、そのまま、傍に置いておいて、コーヒーを飲みますがね」

「もう一つ、おかしなところがある。高見沢はなぜ、コーヒーの中に青酸カリを入れて、飲んだんだろう？」

と、十津川はいった。

「それはもちろん、自殺するためでしょう？」

「そういうことじゃなくて、自殺する気なら、薬包紙から、直接、青酸を口に入れ、水なり、コーヒーを飲むんじゃないかね？」

と、十津川はいった。

「そうかもしれませんが、薬包紙から直接飲むのは怖いので、いったん、コーヒーに混ぜて、コーヒーごと飲んだということも考えられます」

と、亀井はいう。

「なるほどね」

十津川は、一応、肯いた。が、笑顔にはなっていなかった。

亀井のいう通りかも知れない。だが、何者かが、高見沢のコーヒーに青酸を入れて、飲ませたという可能性も生れて来たと、十津川は、思っていた。

高見沢が、直接、薬包紙から青酸を飲んだとすると、他の人間の介在する余地は、ほとんどないだろう。無理矢理、高見沢の口をこじ開けて、青酸カリの粉末を流し込むより仕方がないからである。

だが、コーヒーに混ぜられていたとなると、話は違ってくる。

砂糖の袋が無くなっているとすると、なおさら、不審になってくると、十津川は思うのだ。コーヒーの苦《にが》さと、砂糖が混ざっている。その中に青酸を混入しておけば、相手は、飲んだ瞬間、気がつかないだろう。コーヒーの色も、変っていなかったはずである。

「警部は、高見沢も殺されたと思っているんですか？」

と、亀井がきいた。

「その場合、誰が、高見沢夫婦を殺すだろうかと考えているんだ」

と、十津川はいった。

「その捜査は、全くやっていませんよ。本来なら、あの夫婦が死んで、トクをする人間をマークしておかなければいけないんですが」

亀井が、眉をひそめて、いった。

「スーパーを、三店も経営しているんだから、かなりの財産だろうね」

「子供はいませんから、甥で、副社長の広田が、一番の権利者ですかね。ああ、高見沢冴子の両親がいましたね」

「それに、冴子の妹もいる。高見沢敬の方だって、甥の広田だけじゃないだろうと思うがね」

と、十津川はいった。

「スーパーは、都内の一等地ばかりです。莫大《ばくだい》な借金があれば別ですが、それがないとすると、何十億という資産でしょうね」

「つまり、十分に、殺人の動機となり得るわけだ」

「そうです」

「しかし、このままでは、無理心中で片付けられてしまう。神奈川県警は、すでにそう決めたし、うちの三上部長も、われわれが戻り次第、事件の解決を宣言する気だ」

「もし、犯人が知ったら、大喜びでしょうね」

「ああ、計画成功ということで、祝杯をあげるだろうね」

と、十津川はいってから、腕時計に眼をやった。

間もなく、午後三時である。

あと、四十五分で、この「はこね22号」は、新宿に着く。

新宿駅から、新宿署までは、歩いても、二十分で着くだろう。

「この電車が新宿に着くまでに、殺人事件だという証拠が見つかるといいんだがねえ」

と、十津川は、嘆息まじりにいった。

「高見沢冴子の方は、扼殺とわかっていますから、高見沢の方が、自殺ではなく、他殺だという証拠ですね」

「ああ、もちろんだ」

「妻を殺したという遺書もあるし、富士、箱根ルートを旅行中の二人の行動を考えても、高見沢は、自殺という結論になってしまいますよ」

「砂糖の紙袋のことがある」

「しかし、他殺の証拠にはなりませんよ。丸めて、高見沢が、通路にまで飛ばしてしまったのかも知れません。それを、車掌かウェイトレスが、片付けたということだってあります」

「遺書は、どうだろう？　犯人が書いたものかも知れない」

「しかし、あんなに乱れていては、筆跡鑑定は無駄じゃありませんか？」

と、亀井がきく。

「犯人は、それを狙ったのかも知れんよ。走る電車の中だし、妻を殺して、動揺もしているから、字が乱れても不思議はないという条件を作っておいたんだ」

「かも知れません」

「だから、犯人が、わざと乱れた字で、あの遺書を作り、毒殺した高見沢の背広のポケットに放り込んでおいたんだよ」

と、十津川はいった。

「しかし、あの便箋には、高見沢の指紋がついていましたが」

「犯人が、高見沢の指を押しつけたんだろう」

「そんなことを、あの車内でやっていれば、怪しまれると思いますが」

と、亀井がいった。

「カメさんは、自殺説かい？」

「そうじゃありませんが、高見沢が殺されたと証明するのは難しいということを、いいたかったんです」

「確かに、そうなんだ。下手な小説だといったが、一応、辻褄《つじつま》はあってるんでね。どこかに、矛盾《むじゅん》があるはずなんだがねえ」

十津川は、口惜しそうにいった。

「それでは、殺人という前提で、今度の事件を、もう一度、考えてみますか？　新宿に着くまで、そのくらいの時間はあるでしょう」

「いいね。もう一度、コーヒーが欲しいね」

と、十津川はいった。

7

テーブルの上に、四つのコーヒーカップが並んだ。

十津川は、コーヒーを飲み、煙草に火をつけた。

「犯人は、高見沢夫婦を殺すことを考えた。そして、その計画を立てた。狙いは、無理心中に見せかけることだった」

「高見沢夫婦が、七月二日に、富士、箱根に旅行に出たのも、犯人の計画の一つだったと見ていいですかね？」

「犯人がすすめたんだろうな。高見沢夫婦の仲は、よくなかった。だが、離婚したところで、高見沢の財産は、犯人のものにはならない。二人を殺さなければならないと思ったんじゃないかね。そこで、親切ごかしで、高見沢に旅行をすすめた。二人だけで、何日間かの旅行をすれば、夫婦の間が修復できるんじゃないかといってね」

「そして、毎日、結果を、高見沢に、電話で報告させていたということですか？」

亀井も、熱の籠《こも》ったいい方になってきた。

「その通りだよ。高見沢は、よほど、その相手を信用していたんだろうと思うね。毎日、電話で報告しては、このあとどうしたらいいか、相談していたんだと思うよ」

「すると、七月五日に、妻の冴子を仙石原に連れて行くことも、電話で喋っていたかも知れませんね」

「いや、逆に、電話の相手が、静かな仙石原へでも連れて行って、じっくり、冴子と話し合ったらどうだと、すすめたんだと思うね」

と、十津川はいった。

「相手は、仙石原に高見沢夫婦が行くことを知っていた、とすると、仙石原で待ち受けていたんじゃありませんか？　高見沢夫婦は、仙石原で話し合ったが、最後はケンカになり、勝手にしろといって、高見沢は、先に帰ってしまう。そのあと、犯人が現われて、冴子を扼殺した。このケースも考えられますよ」

亀井が、勢い込んで、いった。

十津川は、微笑して、

「なかなか、魅力的なストーリイだよ」

「問題は、そのあとですね。犯人は、次に、高見沢を、自殺に見せかけて殺さなければいけないわけですからね。犯人は、仙石原で高見沢冴子を扼殺したあと、どんな行動をとったんでしょうか？」

「そうだねえ」

と、十津川は、じっと考え込んでいたが、

「恐らく、すぐ、東京に戻ったんだと思うよ。犯人が東京の人間だとしてだ。理由は、高見沢が、相談に来るはずだと思ったからだ、高見沢は、ケンカして、仙石原を後にしたものの、彼女のことが気になって、引っ返した。が、仙石原には、もう、冴子の姿は見えなかった。その時、彼女は、死体で、草むらに横たわっていたんだが、高見沢には、そんなことはわからない。多分、怒って、東京に帰ったんだと思い、自分も東京に帰ることにした」

「東京の自宅に戻っても、奥さんはいませんよね。それで、また、犯人に電話して、相談した――？」

「ああ、そうだと思う。犯人は、それを予期して、一足先に東京に戻っていたと思うね。高見沢は、仙石原でケンカしたこと、まだ、彼女が戻っていないことを相手に話す。犯人にね。犯人は、それは大変だ、もう一度、箱根に行って探した方がいい、一緒に行ってやるといったんじゃないかな」

「親切ごかしにですね」

「その時、犯人は、青酸カリを用意したんだよ」

「最初から、『はこね』の車内で、毒殺する気だったんでしょうか？」

と、亀井がきいた。

「いや、そこまでは考えてなかったと思うね。とにかく、高見沢が、妻を殺した自責の念で、自殺したことにすれば、よかったんだと思うね。犯人は、わざと筆跡を隠すために、乱れた字で高見沢の遺書を作り、それを持っていたんだ。それに、高見沢の指紋をつけるのは、そんなに難しいことじゃないと思うよ」

「どうするんですか？」

「当《あた》り障《さわ》りのない手紙を書いて、ちょっと読んでくれといって、高見沢に渡すんだ。その時、白紙の一枚を最後につけておく。高見沢は、最後までめくっていって、なんだ、最後は白紙じゃないかというだろうが、その白紙にも、高見沢の指紋がつく。それに、あとから、あの遺書の文句を書きつければいいんだ。手袋をはめてね」

「なるほど」

「犯人としては、高見沢を仙石原の近くで殺してしまえば、一番よかったんだと思うね。だが、そのチャンスを失って、とうとう、箱根湯本から、『はこね22号』に乗ってしまった。東京に帰ってからではまずい。というのは、時間がたてば、仙石原の冴子の死体が、発見される可能性があるからだ。彼女の死体は発見されなければまずいんだが、それは、高見沢が死んだあとであった方がいいからね」

「そこで、車内でコーヒーを注文し、それに青酸を入れて、高見沢に飲ませたわけですね？」

「これは、そう難しいことじゃなかったと思うよ。高見沢が、相手を信頼していたはずだからね」

「高見沢が死んだのを確認してから、遺書をたたんで、彼のポケットに入れ、犯人は、逃亡したということですか?」

「ああ、そうだ」

「無理心中より、この方が納得できますね」

と、亀井がいった。

8

特急「はこね」は、本厚木《ほんあつぎ》を通過した。

「三上部長は、恐らく、逆のことをいうと思うよ。無理心中の方が納得できるとね」

と、十津川はいった。

三上は、慎重派だ。というより、事なかれ主義といった方がいいだろう。無理心中という線が出ているのに、それを引っくり返すような判断には、よほどのことがない限り、三上部長が、肯くとは思えない。

「われわれの推理だけでは、駄目ですか?」

と、亀井がいった。

「九十九パーセント、駄目だろうね。それに、死んだ二人の家族も、反対すると思うね」

と、十津川はいった。

「何とか、三上部長に、うんといわせるものが見つかりませんか？」

「それが、難しいんだ」

十津川は、また、考え込んだ。

今度の事件が、無理心中に見えるが、同時に殺人事件にも見えるというだけでは、方針は変るまい。

十津川が考え込んでしまったので、亀井は、気を変えるように、

「殺人とすると、犯人は、広田ですかね？」

「われわれが知っている範囲では、あの男が、一番、怪しいね。高見沢夫婦が、七月二日から、富士、箱根へ出かけたのは、東京駅へ送りに行って、知っているわけだからね」

と、十津川はいった。

「当然、奥さんの冴子とも、親しかったわけですから、仙石原で、彼女の油断を見すまして扼殺するのは、簡単だったと思います」

「それに、動機も十分だろう。遺産の何割かは、必ず、広田に行くだろうからね」

「七月五日から六日にかけての広田のアリバイを、調べてみますか？」

「その価値はあるが、三上部長が、果して、許可を出してくれるかどうか、まず、難しいね。捜査本部を、解散しようと思っているんだからね」

「われわれだけで、やってみますか？」

と、亀井がきいた。

前にも、捜査方針に反対するような行動をとったことがある。

だが、その場合は、どこかに、絶対的な疑問があった。それが、今度はないのだ。

電車は、厚木を通過した。

時間だけが、容赦《ようしゃ》なく、過ぎて行く。

「広田でないとすると、他に誰がいますかね？」

亀井がきいた。

「冴子の両親がいるが、まさか、自分の娘は殺さないだろう」

と、十津川はいった。

「この場合は、高見沢が、カッとして妻の冴子を殺し、彼女の両親が、その仇を討ったということになるんじゃありませんか？」

「まあ、そうだろうが、可能性は、少いような気がするね」

十津川は、小田原署で会った、冴子の両親の顔を思い出していた。

あの両親が、娘を殺されたといって、高見沢を毒殺する姿を想像するのは難しかった。

「むしろ、犯人の可能性があるとすれば、冴子の妹の方だな」

と、十津川はいった。

美矢子という大学生と、十津川は、二言か三言しか、言葉を交《かわ》していない。

小田原署で会った時、美矢子は、ほとんど喋らなかった。じっと前を見つめていただけである。

「あの娘は、何を考えているか、わからないようなところがあるよ」

と、十津川は、付け加える恰好で、亀井にいった。

「福島の大学に通っているということでしたね」

と、亀井は、思い出したようにいった。

「そうだが、大学生なら、時間は、かなり自由のはずだよ。サラリーマンやOLと違ってね。こっそり箱根に来ていても、不思議はないんだ」

「それに、気になったことが、一つあるんですよ」

と、亀井がいった。

「それは、死んだ姉の冴子と、あまり、顔が似てないことじゃないのか？」

十津川がいうと、亀井は、

「警部も、そう思われていたんですか？」

「ああ、ひと目見て、似ていないと思ったよ。姉妹で、似ていないことは、まああるけど、あれほど似ていないのは、珍しいんじゃないかね」

「もし、異母姉妹だったとすれば、二人の間が冷たかったということも、考えられますね」

と、亀井が、ちょっと先走ったいい方をした。

「だが、姉を殺すことは、まず、考えられないがね」

「しかし、警部は、あの娘に何かを、感じられたんでしょう？」

「まず、意志の強そうな娘だなという感じは持ったよ。それも、内向的だね」

「例えば、ずっと、姉を羨《うらや》ましく思っていたが、それは隠していた、といったことですか？」

「ああ、そうだ。とにかく、何を考えているのか、わからない娘だよ」

「そういえば、小田原署で会った時、全く、涙を見せませんでしたね」

と、亀井がいった。

「他にも、怪しい人物がいると思うんだが――」

十津川は、言葉を濁した。そんな人物を洗い出す時間があるかどうかが、問題だった。

9

一五時四三分。定刻に、十津川たちの乗った「はこね22号」は、新宿駅に着いた。

いぜんとして、十津川は、三上部長を説得できるだけの材料を見つけられずにいた。

「腹がすいていないか？」

と、十津川は、亀井にきいた。

「大いにすいていますよ」

「何か食べてからでも、部長は怒らないんじゃないかな」

と、十津川は、笑いながらいい、二人は駅近くの喫茶店に入った。

まだ、夕食時刻には間があるので、二人はサンドイッチとコーヒーを注文した。

それを食べながら、今度の事件について、再検討を続けてみたのだが、高見沢敬の死が、他殺だという証拠は、見つからなかった。

仕方なく、二人は、店を出た。これ以上、三上部長を待たせておくわけにもいかなかった。

「とにかく、部長に会ったら、もう少し、捜査を続けてくれるように、説得してみよう」

と、十津川は、歩きながら、亀井にいった。

第三章　予　感

1

翌日、別の事件で早朝から外出した十津川と亀井は、午後、新宿署へ顔を出した。

まだ、「小田急線車内毒死事件捜査本部」の看板が出ている。

「何か、おかしいですよ」

と、署内に入ったとたんに、亀井が、小声でいった。

空気が、おかしいのだ。

緊張感が漂《ただよ》い、刑事が、あわただしく動き廻っている。

十津川は、廊下にいた西本刑事をつかまえて、

「何があったんだ？」

と、きいた。

「高見沢冴子の妹が、行方不明になりました」

「中井美矢子がか？」

「そうです。高見沢冴子の遺体は、両親が郷里の福島へ運んで行きましたが、妹の美矢子は、姉の遺品を整理するということで、東京に来ていました」

「それは、小田原で聞いていたよ」

と、十津川はいった。

今度の事件は、夫の高見沢が、妻の冴子を殺して、自分も自殺してしまったと報道されたため、夫の高見沢側と、妻の中井家との仲が、おかしくなってしまった。

本来なら、夫婦の遺体は一緒に茶毘《だび》に付して、お墓も一緒にということになるのだが、冴子の両親は、郷里の福島で葬儀をやりたいと主張し、高見沢側の広田とケンカになってしまった。

冴子の妹の美矢子は、両親と一緒に福島には帰らず、東京に残るといっていた。亡くなった姉の形見《かたみ》が欲しいからということだったが、それが、本心かどうかはわからない。無口で、何を考えているのか、わからないようなところが、彼女にはあったからである。

「本当に、行方不明なのか？」

と、十津川は、西本にきいた。

「彼女は、新宿のKホテルに泊っているんですが、昨夜、戻っていないんです」

「高見沢家に、行ってるんじゃないのかね？」

「そちらにも問い合せてみたんですが、来ていないという返事でした」

「郷里の福島には、帰っていないのか？」

「はい」

と、西本はいう。

それが、新しい事件の予感のように思えて、捜査本部全体が、妙な雰囲気になっているのだろう。

十津川は、三上部長に会った。

「どうも、妙な具合になってきたよ」

と、三上は、十津川の顔を見るなり、いった。

「中井美矢子のことは、聞きました」

「事件そのものは解決しているので、捜査本部は解散したいんだが、中井美矢子のことが、新しい事件だと困るんでねえ」

「新しい事件ですか？」

「そうだよ。何といっても、高見沢家の財産は、大変な額だからね。何億、いや、何十億といわれるから、それをめぐって、一騒動あるかも知れないとは思っていたんだが、もし、中井美矢子の失踪が、その表われだとすると、事件だからね」

三上は、困惑《こんわく》した表情で、いった。

「広田は、何といってるんですか？」

「中井美矢子のことなど知らんといっているよ。前から、中井家とは、うまくいってなかったようだね」

と、三上はいった。

それでも、「はこね」の車内で起きた事件は、無理心中ということで解決したという方針は変えないと、三上は、いった。

「これは、新しい事件ではなくて、前の事件から連続しているのかもしれませんよ」

と、十津川はいった。

三上は、一層、不機嫌な表情になって、

「連続しているだって？」

「そうです。昨日もいったように、私は、どうも、無理心中説には納得できないんです。従って、前の事件は、まだ、解決しているとは思っていません」

「君は、誰かが、高見沢冴子を殺し、続いて、夫の高見沢の方も殺したといったね？」

「そうです」

「何か、証拠でもあるのかね？」

「今のところ、ありません」

と、十津川はいった。

「それなら、臆測にしか過ぎんのだろう。神奈川県警も、今度の事件は、無理心中と断定しているんだよ。中井美矢子の失踪は心配だが、別の事件と考えるべきだと思っている」

と、三上はいった。

それにも拘《かかわ》らず、何となく、彼が落ち着かず、それが捜査本部全体の空気にもなっているのは、ひょっとしてという不安がつきまとっているからだろう。

「彼女の捜索願は、出ているんですか？」

十津川がきくと、三上は、苦笑して、

「行方がわからないといっても、まだ、一日しかたっていないんだし、学生といっても、もう大の大人なんだからね」

「すると、誰が騒ぎ出したんですか？」

「この男だよ」

と、三上は、机の引出しから一枚の名刺を取り出して、十津川に見せた。

〈元木《もとき》法律事務所　小山啓介《こやまけいすけ》〉

と、印刷された名刺である。西新宿が、その事務所の住所になっていた。

「弁護士ですか」

と、十津川がきくと、三上は、

「弁護士の卵だよ」

と、いった。

「中井美矢子と、何か関係のある男ですか？」

「大学の先輩で、どうやら、ボーイフレンドらしいんだ」

「その男が、彼女を探してくれといって来たんですか？」

「それが、君と同じようなことをいってるんだ」

「同じというと、高見沢夫婦は、無理心中ではないと主張しているわけですか？」

「そうだ。その点、君と気が合うんじゃないかね。刑事と弁護士の卵で、妙な取り合せだが」

三上は、軽い皮肉を籠《こ》めていった。

「この男が、なぜ、そう思っているのかに、興味があります」

と、十津川はいった。

「この小山という男は、中井美矢子を早く見つけないと、殺されるかも知れないとも、いっているんだ。もし、殺されたら、警察の責任だともね」

三上は、怒ったような口調でいった。

2

十津川は、小山啓介という男に、会ってみたくなった。

まず、法律事務所に電話をかけ、新宿にあるKホテル内の喫茶ルームで会うことにした。

中井美矢子が、泊ったホテルである。

捜査本部から、亀井と歩いて行くと、小山は、先に来て、待っていた。
二十七、八歳の若い男だった。眼鏡の奥の眼が、きらきら光っているのが、ひどく勢い込んでいる印象を与えた。
(思い込みの強い男らしい)

と、十津川は、相手を見ながら、

「中井美矢子さんの行方は、まだ、全くわからずですか？」

と、きいた。

「ええ。わかりませんが、おそらく、あの男が知っていると思っています」

小山は、まっすぐに十津川を見つめた。

「広田さんのことを、いってるんですか？」

と、十津川はきいた。

小山は、膝をのり出すようにして、

「そうですよ。もし、彼女が誘拐されたんだとしたら、犯人は、あの男ですよ」

「なぜ、そう思うんですか？」

「決ってるじゃありませんか。あの男は、高見沢家の財産を、全部、自分のものにしたいんですよ。会社も、個人資産もね」

「すると、当然、高見沢夫婦の死も、無理心中じゃなくて、殺人だと思っているわけですか？」

と、亀井がきいた。

小山は、「そうですよ」と、大きな声を出した。

「広田が、二人を殺したに決っているじゃありませんか。無理心中に見せかけてですよ」

「しかし、その証拠はないし、いわば、部外者のあなたが、なぜ、確信を持って、いい切れるのか、教えてくれませんかね」

十津川がきいた。

「僕だって、最初からそんなことを考えていたわけじゃありませんよ。今度の事件が起きて、彼女が、相談に来たんです。無理心中なんかには思えないといってですよ」

「それは、いつですか？」

「一昨日です。高見沢冴子さんの死体が見つかって、その確認に行く途中で、彼女が寄ったんですよ。その時、彼女が、話してくれたんです。絶対に無理心中なんかじゃなくて、広田に殺されたんだって、ですよ。前から、広田は財産を狙っていたとも、いっていました」

「彼女の言葉を、そのまま、信じたわけですか？」

亀井が、眉をひそめて、きいた。

小山は、そんな亀井の表情を見て、むっとしたらしく、

「いけませんか？　彼女の推理の方が、納得できますよ。それに、僕は、広田という男のことを調べてみたんです」

「何か、わかりましたか？」

と、十津川がきいた。

「まだ、ほんの少ししか調べていませんが、あの男は、女にだらしがなくて、バクチが好きだという噂を聞きましたよ」

と、小山はいった。

「噂だけじゃあ、どうにもならんなあ」

亀井が、突き放すようないい方をした。

小山は、じろりと亀井を睨《にら》んで、

「何にもなければ、噂は出ませんよ。あの男は、女やバクチで、金に困っていたんだ。それに野心家なんですよ」

「誰が、いったんですか？　野心家というのは？」

と、十津川がきいた。

「彼女が、いっていましたよ」

「いつ？」

「彼女とは、時々、会っていましたが、その時に、いろいろと、高見沢家のことも話してくれていたんです。主に、お姉さんの高見沢冴子さんとのことでしたがね」

「どんなことを、中井美矢子さんは、あなたに話したんですか？」

「夫婦仲は悪くないのに、やたらに悪い悪いといいふらしたり、夫に、あることないこと吹き込んでもめさせようとする人間がいると、お姉さんが、口惜《くや》しがっているというんです。もちろん、その嫌な奴は、広田ですよ」

「広田さんが、なぜ、高見沢夫婦を、もめさせようとしていたわけですか？」

「高見沢さんは、人が好いから、広田のいいなりになるが、奥さんの冴子さんは、そうはいかない。というより、広田を嫌っていたからですよ」

「しかし、それが、なぜ、殺人にまで発展したんですか？」

と、十津川はきいた。

「広田にしてみれば、なかなか、自分の思ったように高見沢夫婦が別れてくれないし、別れたとしても、高見沢家の財産や、社長の椅子が自分のものになるわけじゃない。そこで、無理心中に見せかけて、二人を殺してしまおうと考えたんですよ。夫婦仲が悪いということは、彼が、いいふらしてありますから、あんな形で二人が死ねば、無理心中と、誰もが思いますからね」

小山は、熱っぽく、十津川に話した。

「あくまでも、それは、あなたの想像でしょう？」

と、亀井がいった。

「そうですよ。それに、伝聞だといいたいんでしょう？ しかし、僕は、彼女の推理は当っていると思っていますよ。彼女が失踪して、その確信は、ますます、強くなっています。早く、彼女を見つけて下さいよ。下手《へた》をすると、彼女まで殺されてしまいますよ」

「広田さんが、殺すというんですか？」

「他に誰がいるんですか？ 何度もいいますがね、あの男は、金と地位が欲しいし、それを手に入れるためなら、何でもやりますよ。高見沢夫婦を殺しただけじゃあ、まだ、完全に手に入らない。奥さんの方の家族がいますからね。そこで、中井美矢子まで殺そうとしているんです」

と、小山はいった。

「それも、想像でしかないんでしょう？」

と、亀井が、また、いった。

小山は、皮肉な眼つきになって、亀井を見、十津川を見た。

「三上部長も、同じことをいいましたよ。しかし、これで、彼女が殺されていてでもしたら、僕は、大声で、いいまくりますよ。彼女が危ないと何度もいったのに、警察は、全く耳を貸さなかった。殺したのは、警察だってね」

「別に、あなたの意見を、無視しているわけじゃありませんよ」

と、十津川はいった。

「しかし、真剣に、彼女を探そうとはしないわけでしょう？」

「納得できれば、探します。だからこそ、こうして、あなたの話を聞きに来たんです」

「どうですかねえ。僕が、弁護士事務所に属していて、うるさいからじゃないんですか？」

小山はまた、皮肉ないい方をした。

亀井が、腹を立てて、

「われわれを、怒らせたいのかね？」

「むしろ、怒ってくれればいいと思っていますよ。怒って、彼女は、大丈夫なんだということを、証明して下さいよ」

と、小山はいった。

「美矢子さんに、最後に会ったのは、いつですか？」

十津川は、改まった口調で、小山にきいた。

「今もいったように、遺体確認のために仙石原へ行く前に、会っていますよ」

「そのあとは？　彼女が東京へ戻って来て、このホテルに入ったあとは、会っていないんですか？」

「会ってはいませんが、電話はもらっています」

「それは、いつですか？」

「昨日の午後二時頃です」

「どんな電話だったんですか？」

と、十津川はきいた。

3

「高見沢邸から、電話をかけて来たんです。形見分けで、お姉さんの品物を見せてもらおうとしたら、広田が来ていて邪魔をする。それで、来て欲しいといわれたんです」

と、小山はいう。

「それで、行ったんですか？」

「すぐ、行きましたよ。広田が邪魔をするというのは、許せませんからね」

「それで？」

「車で駈けつけたら、もう、彼女は、いないんです。広田がいたんで、彼女はどうしたんだと聞いたら、急に帰ったというんですよ」

「そのあと、あなたは、彼女を探したんですか？」

と、十津川はきいた。

小山は、肯いて、

「もちろん、探しましたよ。だが、見つからないし、このホテルにも戻っていないんで、警察に行ったんですよ。相手にしてくれませんでしたがね。今日になっても、まだ見つかっていませんよ」

「高見沢邸ですが、お手伝いがいたはずだが、彼女は、何といってるんですか？」

十津川は、考えながら、きいた。

「彼女ですか」

と、小山は苦笑して、

「彼女は駄目ですよ。広田のいいなりです。恐らく、金をもらってるんじゃないですか。オウムみたいに、広田のいう通りです、と繰り返すだけですからね」

と、いった。

「美矢子さんが、高見沢邸から電話して来たときですが、お姉さんの遺品のこと以外に、何かいっていませんでしたか？」

十津川がきくと、小山は、「そうですねえ」と考え込んでいたが、

「彼女は、遺言状を探していたんじゃないかと思うんです」

「遺言状？」

「そうです。高見沢夫婦の遺言状ですよ。いまだに、それが見つからないというのは、おかしいですからね」

「なるほどね」

「だから、広田は、妨害していたんだと思いますよ」

「広田さんに、遺言状のことで、聞いたことがあるんですか？」

「昨日、高見沢邸で会ったとき、広田に聞きましたよ。これだけの資産家が、遺言状を書いてないのはおかしいとね。当然、彼女には、それを見る権利はあるはずだってですよ」

「広田さんは、何といったんですか」

「君が何の権利があって、そんなことをいうんだと、ききましたよ。だから、いってやったんです。僕は、彼女の後見人でもあるし、うちの法律事務所は、彼女の権利について、相談を受けているんだとね」

「それに対しては、何と？」

「そんなことは認めないと、いっていましたよ」

「遺言状については？」

「あるとも、ないとも、いいませんでしたね」

「高見沢家には、顧問弁護士がいるはずだと思うんだが」

「会社の方の顧問弁護士は、春山《はるやま》弁護士です。これは、調べたんですが、電話してみたら、高見沢家のことについては、ノーコメントだというんですよ。広田が、口止めしているに決っています」

と、小山は、確信ありげに、いった。

「しかし、美矢子さんには、見せなければならんでしょう？　その権利はあるわけだから」

「そうなんですよ、だから、余計に、彼女は、危険なところにいるといっているんです。もし、遺言状に、広田に不利で、彼女に有利なことが書いてあったら、広田は、彼女を殺して、既成事実を作りかねませんからね」

「心配ですか？」

「大いに、心配ですね」

と、小山はいった。

「わかりました。これから広田さんに会って来ましょう」

と、十津川はいった。

小山は、「そうして下さい」といってから、

「あの男に、丸め込まれないで下さいよ」

と、一言、つけ加えた。

十津川と亀井は、小山と別れてKホテルを出たが、歩きながら、亀井が、

「どうも、ああいう男は気に入りませんね」

と、いった。

「なぜだい？」

「自分の考えだけが、正しいと思い込んでいるでしょう？」

「若者の特権みたいなものだよ」

「そうですかねえ。ああいう男は、きっと、大学も優秀な成績で卒業して、怖いもの知らずで、自分の意見に絶大な自信を持っていて、他人の意見なんか、聞かないものですよ」

「きびしいことをいうねえ」

と、十津川は笑ったが、

「しかし、彼の考えも、一応、気にとめておく必要はあると思うね。われわれだって、今度の事件を、無理心中とは見ていないんだから」

と、いった。

捜査本部には戻らず、途中の公衆電話から、広田のいそうな場所にかけてみた。

だが、スーパーにも、自宅マンションにも、高見沢邸にも、彼はいなかった。

「広田も、行方不明になったらしいよ」

と、十津川は、亀井にいった。

「妙ですね」

「春山弁護士というのに、会ってみようじゃないか」

と、十津川はいった。

電話帳で住所を調べ、四谷《よつや》三丁目にある法律事務所に廻ってみた。

大きな事務所だった。

春山は、五十五、六歳で、働き盛りの感じの男である。

「高見沢さんの遺言状ですか？」

と、聞き返すようにいってから、

「ご遺族以外には、お見せ出来ませんね」

「あることは、あるんですね？」

十津川がきいた。

「もちろん、ありますよ。これだけの資産家ですからね。万一の時、ごたごたが起きると困るから作っておきなさいと、私がすすめました。まさか、奥さんまで亡くなるとは、思っていませんでしたがね」

「奥さんの妹さんが、遺言状を見たいと、いって来ませんでしたか？」

「中井美矢子さんですね。まだ、正式には、いって来られませんよ。当然、ご遺族の方が集まったところで、お見せしなければならんのですが、今度の事件は特殊なので、なかなか、皆さんが集まって下さらんのですよ」

「すると、遺言状は、今、あなたが、お持ちなんですか？」

と、亀井がきいた。

「はい。私が保管しています。早く、落ち着いて、皆さんに集まってもらいたいと思っているんですがねえ」

「連絡は、取られたんですか？」

「広田さんが連絡を取ると、いわれているので、委《まか》せています。彼も、いわば、当事者の一人ですから、連絡は取りやすいと思いましたのでね」

と、春山はいう。

「遺言状の内容は、春山さんは、ご存知なわけですね？」

と、十津川はきいた。

「私が立ち会って、作られたものですから、知っていますよ」

「広田さんや、中井美矢子さんは知っていますか？」

「いや、この二人には、見せていません。もちろん、当の高見沢さんが、内容を洩らしていれば、別ですが」

「広田さんに、不利な内容ですか？」

と、亀井がきいた。

春山は、眉をひそめて、

「そんなことは、申しあげられませんね」

「高見沢さんが、殺されたとしてもですか？」

と、十津川がきいた。

春山は、びっくりした顔になって、

「まさか。高見沢さんは、奥さんと無理心中したんでしょう？」

「そういうことになっています」

「というと、殺されたことも考えられるわけですか？」

「まだ、どちらともいえない段階ですが、われわれは、殺人の可能性を否定できないと、思っているわけです」

「そうなると、ますます、高見沢さんの遺言状の中身が、問題になって来ますねえ。こんなことになるとは思わず、高見沢さんに書くようにすすめたんですがねえ」

春山は、本当に困惑した顔になっていた。

「広田さんに会いたくて、連絡を取っているんですが、見つからないんですよ。今日、あなたのところに連絡して来ませんでしたか？」

と、十津川はきいた。

「いや、今日は、何の連絡もありません。どこへ行ったか、わからないんですか？」

「ええ」

「社長が亡くなったんで、広田さんも、忙しいんだと思いますよ」

「広田さんとは、よく、話をされるんですか？」

と、亀井がきいた。

「いや、高見沢さんと一緒に来られたりしていましたが、広田さん一人と話をするようになったのは、今度の事件のあとからです」

と、春山はいった。

「高見沢の奥さんとは、どうですか？」

と、十津川がきいた。

「もちろん、何度か、お会いしています」

「高見沢さん夫婦の仲が悪かったのは、知っていましたか？」

と、十津川がきくと、春山は、また、困惑した表情になって、

「それが、無理心中するほど悪いとは、思ってもいませんでしたね。奥さんは、静かな方だし、高見沢さんも、優しい方ですからねえ。本当に驚きました」

「夫婦のことで、相談を受けたことはありませんか？」

「いや、そういう相談を受けたことはありませんね。仕事上のことでは、相談を受けたこと

がありますが」

「法律面でですね？」

「そうです」

と、春山は肯いた。

「広田さんか、中井美矢子さんから連絡があったら、教えて下さい」

と、十津川はいった。

4

新宿署に戻ると、三上部長が、既定方針どおり、事件の終結を宣言し、捜査本部を解散することにしていた。

十津川には、それに反対するだけのものが見つかっていない。

仕方なく、夜に入ってから、机の上の整理をしているところへ、電話がかかった。

相手は、神奈川県警の中込警部だった。

「また、事件が起きました」

と、中込は、妙に暗い声で、いった。

「事件？　関連のある事件ですか？」

「そうなんです。ひょっとすると、前の事件は、まだ終っていなかったのかも知れません」

「今度は、誰が？」

「仙石原で、中井美矢子と、小山啓介という、東京の法律事務所の人間です」

と、中込はいった。

「死んだんですか？」

「小山啓介は死にましたが、中井美矢子の方は、重傷で、現在、病院に運ばれています。医者の話では、助かるだろうということです」

「まさか、また、無理心中というわけじゃないでしょうね？」

「中井美矢子が、まだ、何も喋れないので、何ともいえません。二人とも、刺されているので、殺人と思っているのですが」

と、中込はいった。

「捜査本部は、置かれるんですか？」

と、十津川はきいた。

「小田原署に置かれますが、今、実は、前の事件の見直しがいわれているんです。無理心中ということで、捜査本部は解散したんですが、今もいったように、続いているのかも知れませんからね」

と、中込はいった。

電話が切れると、十津川は、すぐ、三上部長に報告した。

三上は、難しい顔で、

「今、私のところにも、神奈川県警から、報告があったよ」

と、いった。

「私と亀井刑事とで、すぐ、向うへ行って来たいと思っているんですが」

と、十津川はいった。

「君も、事件は続いていると思うのかね？」

「断定は出来ませんが、可能性は、大きいと思います」

と、十津川はいった。

「つまり、それは、『はこね』の車内での高見沢の死が、自殺でなく、他殺だということかね？」

「そうです」

「まだ、わからんのだろう？」

「わからないから、調べて来たいのです」

と、十津川はいった。

十津川は、三上部長の許可をもらい、亀井と、新幹線で小田原に向った。

すでに、午後九時に近かった。

「あの弁護士の卵は、われわれが訪ねたあと、仙石原に行ったんですね」

と、車中で、亀井がいった。

「多分、中井美矢子に呼ばれて、あわてて飛んで行ったんだと思うよ」

と、十津川はいった。

Kホテルで、小山に会ったのは、今日の午後二時頃である。その男は、もう、死んでしまっている。

「中井美矢子は、箱根に行っていたんですね」

「姉の死んだことで、何か調べに行っていたのかも知れないな」

「何かを見つけたので、小山を呼んだということになりますね？」

「私も、そう思うね」

「犯人が、それを知って、二人を襲ったということになりそうですが」

「いや、まだ、何ともいえないよ」

と、十津川は、慎重にいった。

だが、亀井は、犯人は広田と、決めつけたみたいに、

「今、広田が、どこにいるか興味がありますね」

と、いった。

「じゃあ、電話してみようか」

と、十津川はいい、二人で、2号車にある電話室まで、歩いて行った。

時刻は午後九時を過ぎているので、広田の自宅マンションにかけてみた。

(いないかな?)

と、思ったのだが、意外にも、すぐ、受話器を取る音がして、

「広田ですが」

と、いった。

「いたよ」

と、十津川は、小声で亀井にささやいてから、

「十津川ですが、今日は、ずっと、お留守でしたね?」

「そんなことはありませんよ。社長が亡くなっても、仕事は休めませんからね」

と、広田はいう。

「しかし、今日の午後三時頃、会社にも、高見沢邸にも、そちらにも電話したんですが、いらっしゃいませんでしたよ」

「三時頃ですか?」

「そうです」

「それなら、車で走り廻っていた時でしょう。新しい店を、東京の近郊に出したいと思って、候補地を探していたんですよ」

「新しい店ですか？」

「そうです。最近は、東京の周辺も、土地が高騰《こうとう》して、買いにくくなって、一日、走り廻っても、適当な土地が見つかりませんでしたよ」

「一人で、車を運転して、行かれたんですか？」

「そうです」

「社長の高見沢さんが死んですぐなのに、仕事熱心ですねえ」

「社長は、第四の店を出すのが夢で、私と、いつも、その計画を話し合っていたんですよ。ですから、私が、それを実現すれば、いい供養《くよう》になると思いましてね」

と、広田はいった。

その話が本当かどうか、十津川には、わからない。

「中井美矢子さんが、仙石原で刺されたことは、知っていますか？」

と、十津川はきいた。

「彼女が刺された？　本当ですか？」

「知らなかったんですか？」

「もちろん、知りませんよ。彼女、助かるんですか？」

「今、病院に入っています。助かるということですが、彼女の連れは、死にました。小山啓介という弁護士の卵ですがね」

「まさか、また、無理心中というんじゃないでしょうね？」

と、広田がきいた。

「なぜ、そう思うんですか？」

「仙石原なんでしょう？　それに、男と女ですからね。嫌でも、高見沢夫婦のことを連想してしまいますよ。彼女は、どこの病院に入っているんですか？」

「われわれも、知りませんよ。多分、小田原の病院だと思っていますがね」

「わかったら、すぐ教えて下さい。私も、見舞いに行きたいと思います」

と、広田はいった。

十津川は、受話器を置いた。

「今日は、一日中、車を走らせていたそうだよ。新しいスーパーを建てる土地を、探していたといっている」

「怪しいもんですよ」

と、亀井はいった。

「カメさんは、広田が、仙石原へ行って、二人を刺したと思うんだね？」

「動機は、ありますよ」

と、亀井はいった。

「何十億の財産か」

「それに、社長の椅子です」

と、亀井が、つけ加えた。

二一時三六分。小田原着。二人は、すぐ、小田原警察署に向った。

小雨が降っていて、夜になると肌寒かった。

小田原署には、「仙石原男女殺傷事件捜査本部」の看板が出ていた。

迎えてくれた中込警部に、十津川が、まず、

「中井美矢子は、どんな具合ですか？」

と、きいた。

「急所を外れていたので大丈夫のようですが、まだ、話は出来ないそうです」

と、中込はいう。

「事件の詳しい話をしてくれませんか」

と、十津川は頼んだ。

中込の話によると、こんな具合だった。

箱根は、朝から霧雨が降っていた。そのせいか、観光客の姿は、まばらだったという。

午後七時半頃、仙石原近くの喫茶店から、電話が入った。

血まみれの若い女が、助けを求めてきたというのである。救急車とパトカーが、同時に駈けつけ、その女を病院に運んだ。

「それが、中井美矢子でした。また、彼女が仙石原で刺されたと思われるので、行ってみたら、草むらで、小山啓介が死んでいるのが見つかったというわけです」

と、中込がいった。

「二人とも、背中を刺されているんでしたね？」

十津川は、確認するようにきいた。

「男は、背中を何ヵ所も刺されています。女は、背中と太ももです」

「彼女は、まだ、何も喋っていないんですね？」

「そうです」

「一一〇番して来た喫茶店の人間は、彼女から、何か聞いているんじゃありませんか？」

「そう思って、聞いてみたんですが、彼女はよろけるように入って来て、『助けて――』といって、気絶してしまったというんです」

「小山啓介の遺体を、見せてもらえませんか」

と、十津川はいった。

5

小山の遺体は、地下の霊安室に、横たえられていた。

（この男と、今日の午後、会ったのだ）

と、思いながら、十津川は、白っぽく変ってしまった小山の顔を、見つめた。

「明日早く、法律事務所の責任者が来るというので、そのあと、司法解剖に廻すつもりです」

と、中込がいった。

「彼の所持品は、失《な》くなっていなかったんですか？」

「財布、腕時計、運転免許証、手帳など、何も失くなっていませんでした。財布には、八万六千円入っていましたよ」

「物盗《ものと》りの犯行ではないということですか」

「そうです。怨恨《えんこん》の線ですね」

と、中込はいい、部屋に戻ると、小山の所持品を見せてくれた。

なるほど、財布には、一万円札や千円札が入っている。

十津川が、興味を持ったのは、手帳だった。

日付入りの手帳である。

十津川は、今日の日付のページを開いてみた。

○彼女から電話。箱根・仙石原。何を見つけたのか？

それだけの文字が、書き込んであった。恐らく、仙石原へ駈けつける電車の中ででも、書いたのだろう。字が、ふるえていた。

他のページも、見てみた。

○Hのことを調査。女、バクチ。金に困っているとの噂。

と、書かれたページもある。Hというのは、もちろん、広田のことだろう。

○遺言状――春山弁護士

の文字もある。小山が、美矢子に頼まれて、広田のことを、いろいろと調べていたことがわかる手帳だった。

十津川は、その手帳を、亀井に見せた。

「H→アリバイ？　どうやって、Tに妻を殺させたか？　と、書いたところもありますね」

と、亀井が、眼を光らせて、いった。

「小山は、最初から、広田を疑っていたんだよ。中井美矢子もね」

と、十津川はいった。

「だから、殺されたんでしょうか？」

「広田にか？」

「そうです」

「しかし、自分を疑っているというだけでは、殺さんだろう。広田が犯人としても、証拠はないんだし、警察だって、無理心中と断定しかけていたんだからね」

と、十津川はいった。

「美矢子と小山が、仙石原で、広田に不利な何かを発見していたら、話は別でしょう？」

「そうだが、何を見つけたのか、わからなくては、どうしようもないよ」

「美矢子が気がつけば、何か話してくれると思いますがね」

と、亀井はいった。

翌朝早く、小山の属していた法律事務所の元木所長がやって来て、小山の遺体は、解剖に廻された。

美矢子が意識を取り戻し、話が出来るようになったのは、昼近くだった。

十津川と亀井は、中込警部と一緒に、市内の病院に足を運んだ。

血の気を失った顔で、美矢子は、ベッドに寝ていた。むき出しの左足の包帯が、痛々しい。

十津川と亀井は質問は中込に委せて、傍で聞くことにした。

「彼は、どうなりました？」

と、最初は、美矢子の方から、質問した。

中込は、一瞬、迷ってから、

「残念ですが、亡くなりました」

「やっぱり——」

「誰が、あなたと、小山さんを、刺したんですか？」

「それが、よく、わからないんです」

「わからないって、あなたや、小山さんを刺した相手ですよ」

中込は、眉をひそめて、怒ったような声を出した。

美矢子の方も、悲しげな眼になって、

「小雨が降っていたし、もううす暗くなっていたんです。それで、小山さんに、そろそろ、もう帰ろうといったんです。そしたら、突然、小山さんが、悲鳴をあげて、草むらに倒れたんですわ。何が何だかわからなくて、あわてて助けようと思ったら、私も、背中を刺されてしまって」

「しかし、左の太ももも、刺されていますね。その時は、犯人と向い合ったんじゃありませんか？」

「ええ。背中を刺されて、倒れて、横を向いたら、まっ黒な覆面をした人間が、ナイフを持って、襲いかかって来たんです。身体をくねらせて逃げたら、左足を刺されたんですわ。必死で、右足で相手を蹴とばしておいて、草の中に逃げ込みました。どんどん暗くなって、それで、私は、助かったんですわ」

美矢子は、いっきに喋った。

「覆面をしていたんですか？」

と、中込がきく。

「ええ、眼だけ出した覆面でしたわ」

「男か女かは、わかったんじゃありませんか？」

「男だったと思いますけど、はっきりしたことは、わからないんです」

美矢子が、口惜しそうにいった。

「相手は、何もいわなかったんですか？」

と、中込がきいた。

「ええ。最初から最後まで、黙ったままでしたわ。だから、余計に怖くて」

「ところで、あなたは、なぜ、小山さんと、あんな時間に、小雨が降っているのに、仙石原にいたんですか？」

と、中込がきいた。

それは、十津川も、知りたいことだった。

美矢子は、傷が痛むのか、顔をしかめながら、

「姉さん夫婦が、無理心中したなんて、信じられなかったんです。夫婦仲だって、そんなに悪くはなかったし、高見沢さんは、怒ったって、決して、姉を殺すような人じゃありませんわ。だから、姉を殺したのも、高見沢さんじゃなくて、他の人だと思ったんです。それを調べようと思って、一昨日から、箱根へ行っていたんです」

「どこに、泊っていたんですか？」

「姉夫婦が泊った芦ノ湖のHホテルですわ」

「なぜ、黙って、ひとりで来られたんですか？　おかげで、東京では、あなたの失踪さわぎが起きていたんですよ」

と、中込は、叱るようにいった。

「広田さんは、信用していませんでしたし、両親に、心配かけたくなかったんです」

「小山さんにも、黙って来てしまったんでしょう？　それは、なぜですか？」

と、中込がきいた。

「小山さんは、仕事で忙しいから、何かつかんだら、来てもらおうと思ったんですわ」

と、美矢子はいう。

「とすると、何かつかんだから、小山さんを呼んだわけですね？」

「ええ」

「何をつかんだんですか?」

「姉は、仙石原で殺されていて、近くに、高見沢さんのライターが落ちていたというわけでしょう? でも、二人で仙石原に行っているんだから、落ちていても不思議はないでしょう? それより、行ったはずのない人のものが落ちていたら、殺人の証拠になると思ったんです。それで、昨日は、朝から仙石原へ行って、探し廻っていました」

「何か見つけたんですか?」

「ええ。ボタンを一つ、見つけましたわ」

と、美矢子はいった。

6

「どんなボタンですか?」

「ブレザーの金ボタンですわ。ジャガーの顔が、彫《ほ》られているボタンなんです」

と、美矢子はいった。

「そのボタンの主《ぬし》を、知っているんですか?」

緊張した顔で、中込がきいた。

「一人だけ知っていますわ」

「誰ですか？」

「広田さんですわ」

「それ、間違いありませんか？」

「ええ。彼は、車が好きで、今までに、いろいろな車に乗っていたんです。私も、何度か、東京へ行った時、乗せてもらいましたわ。一時、ジャガーに凝《こ》っていて、その時、ジャガーグッズを持っていたんです。イギリスに行って、ジャガーのマークの入ったブレザーを作って来て、それを自慢していました。確か、そのブレザーのボタンが、金色で、ジャガーの顔が彫ってあったはずなんです」

と、美矢子はいった。

「そのボタンだったんですね？」

「ええ」

「そのボタンは、今、どこにありますか？」

「それが、逃げるときに、ハンドバッグごと、どこかに落してしまいました」

と、美矢子はいう。

「あなたのハンドバッグに入れておいたんですね？」

「ええ」

「探してみましょう」

と、中込は、約束してから、

「そのボタンを見つけたので、あなたは、小山さんに電話して、呼んだんですね？」

「ええ。彼に相談してみようと思ったんです。彼は、すぐ来てくれました」

「それから、どうしたんですか？」

「小山さんは、いっていました。君のお姉さんが、首を締められた時、苦しまぎれに、後手で犯人の背広のボタンを引きちぎって、捨てたんじゃないか。とすると、まだ、他にも何か落ちているかも知れないって。それで、二人でもう一度、仙石原を探し廻ったんです。小雨の中でですわ。だんだん、暗くなって来たとき、いきなり――」

と、いい、美矢子は絶句した。

「探しているとき、あなたと、小山さんは、離れていましたか？」

「ええ。広い場所で探していたので。きっと、犯人は、その時間を狙ったんだと思いますわ」

と、美矢子はいった。

7

中込は、美矢子からの事情聴取をすませると、部下を連れて、仙石原に向った。

十津川と亀井も、それに同行した。

今日は雨は降っていなかったが、吹きわたってくる風は、肌寒かった。

三十人近い刑事たちは、一斉《いっせい》に仙石原の草原に散って、美矢子が落したと思われるハンドバッグを探しにかかった。

十津川と亀井は、小山啓介の死体があった場所へ行ってみた。

その周辺だけ、雑草が、なぎ倒されたようになっていて、明らかに血痕とわかるものが、草についているのがわかった。

「やはり、広田ですかねえ」

と、亀井は、茶褐色に変色した血痕に眼をやりながら、十津川にいった。

「一応、動機があるのは、広田だからねえ」

と、十津川は、小声でいった。

「は?」

と、亀井が聞いたのは、高原にわたってくる強い風に、十津川の声が吹き飛ばされて、よく聞こえなかったのだろう。

「数十億円は、動機として、十分だということさ」

と、十津川は、声を大きくして、いった。

「そうですねえ。それだけの財産を独《ひと》り占めにできれば、何でも出来ますよ」

と、亀井がいったとき、急に大きな歓声があがった。

県警の刑事が、何か見つけたらしい。

二人が声のした方に駈けて行くと、中込が、ルイ・ヴィトンのハンドバッグを高くあげていた。

中込は、パトカーの所に戻って、そのハンドバッグを開けた。

中身が、ボンネットの上に並べられていく。

運転免許証は、中井美矢子のものだった。

財布や口紅に混って、問題のボタンも、出て来た。

中込は、それを十津川にも、見せてくれた。

金メッキしたボタンで、ジャガーの顔を彫ってあった。いかにも、ジャガーという車を好きな男が、グッズにも凝って、ブレザーを作ったという感じのものだった。

「さっそく、広田を呼ぼうと思っています」

と、中込警部は、勢い込んで、十津川にいった。

「それは、単なる参考人としてですか？」

亀井が、ボタンを中込に返しながら、きいた。

「いや、重要参考人ということになるでしょうね」

と、中込はいった。

中込たちが、パトカーで走り去ったあと、十津川と亀井は、二人だけで、仙石原に残った。

周囲には別荘やホテルが点在し、ゴルフ場もあるのだが、この現場だけは、丈《たけ》の高い草が風にそよいでいて、人の姿もない。

陽が射すのだが、標高七〇〇メートルの高原のせいか、或いは、強い風のせいか、七月とは思えない涼しさだった。

「ここで、続けて、二人の人間が殺され、一人が重傷を負ったなんて、考えられませんね」

と、亀井がいった。

「だが、二人殺されているんだ」

「まだ、凶器のナイフが、見つかっていませんね」

「犯人が、持って逃げたかも知れないな」

「近くを早川《はやかわ》が流れていますから、そこへ捨ててしまったら、見つけるのは大変ですね」

「湖尻のHホテルに行ってみないか。何かつかめるかも知れないよ」

と、十津川はいった。

二人は、芦ノ湖に向って、ゆっくり歩き出した。

「これを財産争いと見れば、中井美矢子が襲われたのは、当然ですが、弁証士の卵の小山啓介まで、なぜ、襲われたんでしょうか？」

歩きながら、亀井がきいた。

「犯人は、仙石原へやって来て、美矢子を殺そうとしたが、たまたま、そこに小山もいたので、刺したんじゃないかね」

「すると、巻き添えですか？」

「それに、小山は、美矢子の味方をしていたから、犯人にとって、うるさい存在でもあったんだろうね」

と、十津川はいった。

この時、十津川は、知らず知らずの中《うち》に、犯人として、広田を考えていた。

テニスコートが見えてきた。

仙石原は、箱根で、一番テニスコートの多い場所といわれている。コートでは、若い女性たちが、明るい歓声をあげて、ボールを追っていた。

「中井美矢子と同じ位の年齢ですね」

亀井が、ふと、立ち止まって、娘たちを見つめた。

「なまじ、何十億もの遺産がない方が、安心かな」

と、十津川はいった。

Hホテルに着き、十津川は、フロントで、中井美矢子のことを聞いてみた。

間違いなく、一昨日の夕方、チェック・インしたといい、宿泊カードを見せてくれた。

「着くとすぐ、仙石原へ行く道を、お聞きになりましたよ」

と、フロント係はいった。

「外から、彼女のことを、電話で聞いて来た人は、いませんか？」

と、十津川は、きいた。

フロント係は、ちょっと考えていたが、

「一昨日の夜おそく、男の方が、電話して来られました」

「小山啓介という男ですか？」

「いや、名前は、おっしゃいませんでした」

「どんな電話だったんですか？」

「そちらに、東京から中井美矢子という女性が泊りに行ったはずだが、といわれました。それで、確かに泊っておられます、とお答えしました」

「そうしたら？」

「妙なことを聞くんですよ。彼女は、どこを見たいといっているかとか、誰に会っているかとかです」

「それで？」

「どなたですかと、お聞きしたら、東京の警視庁の者だといわれました。前に仙石原で起きた事件のことで、調べているといわれましてね。いえ、今もいったように、名前は、おっしゃらないんです。私も、事件のことがあったので、信用してしまい、中井美矢子様は、仙石原へ行く道を、おききになりましたと、答えました」

「その電話のことは、中井美矢子本人には、伝えましたか？」

「いいえ」

「なぜです？」

「何しろ、電話の方が、これは、大事な捜査なので、当人には黙っていてくれといわれましたので」

と、フロント係は、緊張した顔で、いった。どうやら、その電話の主が、ニセの刑事と気付いたようだった。

「どんな声でした？　太い声ですか、それとも甲高い声？」

と、亀井がきいた。

「それが、よくわかりません」

「なぜ、わからないんですか？」

「今になってみると、男に間違いないんですが、妙にくぐもった声で、ひょっとすると、ハンカチでも、送話口に当てていたんじゃないかと思います」

「翌日、中井美矢子は、仙石原へ行ったんですね？」

「はい。お出かけになりました」

「あとから、小山啓介という男が、やって来たと思うんだが」

と、十津川がきくと、フロント係は、

「午後三時頃でしたか、中井美矢子さんから、電話がありまして、今、仙石原にいる。小山という男の人が来たらすぐ、仙石原へ来るようにいってくれと」

「それで、彼が来たんですね？」

「午後六時近くに、若い男の方が見えて、小山といわれたので、仙石原へ行く道を教えて差しあげました」

と、フロント係はいった。

「それで、小山は、すぐ仙石原へ行ったんですね？」

「はい。あわてて飛び出して行かれました」

と、フロント係はいった。

第四章　重要参考人

1

二人が小田原署へ戻ると、中込警部が、明るい顔で、

「凶器が見つかりましたよ」

と、いった。

「本当ですか？」

十津川がきいたのは、なかなか見つかるまいと思っていたからである。

「恐らく、犯人は、仙石原の近くに流れる早川へ捨てたと思いましてね。早川の上流から下流にかけて、徹底的に調べさせたんですよ。そうしたら、案の定見つかりました」

と、中込は、嬉しそうにいった。

「しかし、それが、凶器かどうかの判断はつきましたか？」

亀井が、半信半疑できいた。

「川の中に沈んでいて、指紋は検出できませんが、刃の部分に、血は、まだ、少し残っていましたので、今、鑑識に廻しています。それに、近くで、これが見つかったんですよ」

と、中込は、濡れたマスクを見せてくれた。

眼と鼻の部分だけをあけた、黒いマスクである。

「中井美矢子のいっていたマスクだと思うのです。これで、ナイフから検出された血痕が、中井美矢子と、小山啓介の血液型と一致すれば、間違いなく、犯人の使った凶器ということになります」

「どんなナイフですか？」

と、十津川がきいた。

「これと、同じものです」

と、中込が見せてくれたのは、ステンレス製で、二つに折れるナイフだった。

刃の部分は、十五、六センチくらいだろう。

「小田原市内の金物店で、売っていました。値段は、六千三百円です」

と、中込が説明した。

十津川は、それを手に持ってみた。意外に軽かった。二つに折れば、簡単に、ポケットに入ってしまうだろう。

「広田は、呼んだんですか？」

と、十津川がきいた。

「もちろん、電話をかけて、すぐ、来てくれるようにいいましたよ。来なければ、逮捕するつもりです」

中込は、きっぱりといった。

広田がやって来るまでの間、十津川と亀井は、市内で夕食をすませておくことにした。

十津川は、その店の電話を借りて、東京の西本刑事に電話をかけた。

「三上部長は、どうしている？」

と、十津川がきくと、西本は、

「捜査本部の解散は、中止ということになりました。無理心中の線は捨てないが、今しばらく、様子を見るということです」

と、いう。

「それで良かったよ。無理心中の線は消えたと思う。このままでいくと、広田が、犯人として、逮捕されそうだ」

「高見沢夫婦を殺したのも、広田ということですか？」

「ああ、そうなると思うね」

と、十津川はいってから、

「至急、調べてもらいたいことがある」

「広田のアリバイですね? 高見沢夫婦が死んだ時と、今度の事件の両方ですね」

「ああ、そうだ。今度の事件の時、彼は、一日中、車を走らせて、土地を見ていたといっているが、それが、本当かどうかだよ」

と、十津川はいった。

「わかりました」

「もう一つは、小山啓介のことだ。一見、突然出て来た名前にみえるが、殺されるには、殺されるだけの理由があると思うんだよ」

「中井美矢子の恋人でしたね？」

「自分ではそういっているし、中井美矢子も、時々、東京に来ていたらしいんだ。その辺のことを、調べて欲しい」

と、十津川は頼んだ。

夕食をすませて、小田原署に戻ると、広田は、もう、着いていた。

「春山という弁護士が、一緒です」

と、県警の刑事の一人が、十津川に教えてくれた。

「その弁護士が一緒だというのは、広田も、相当覚悟して来たということですかね」

と、亀井が、十津川を見た。

「そうだろうね。自分が疑われていることを、十分、知っているんだろう」

と、十津川も肯いた。

訊問に当っていた中込が、疲れた顔で、十津川の前に姿を見せたのは、一時間ほどしてからだった。

「どうでした？」

と、十津川の方から、声をかけた。

中込は、小さな吐息《といき》をついてから、

「したたかな男ですよ。事件のあった七月十一日は、一日中、車を走らせて、東京近郊に新しいスーパーを出すための土地を探していたといっています。午後七時までね」

「中井美矢子と、小山が仙石原で襲われたのは、陽が落ちる寸前でしたね？」

「そうなんです。午後六時四十分頃だと思われますので、午後七時まで、車を走らせていれば、犯行は出来ません」

「その件について、当日の広田の動きを調べさせています。本当に、車を、一日中走らせていたかどうかです」

と、十津川はいった。

中込は、ほっとした顔になって、

「助かります。何とか、彼のアリバイを崩したいですからね」

「春山弁護士は、何といっているんですか？」

「二つ、いっていますよ。一つは、あくまでも、広田が好意で来たということ、もう一つは、高見沢氏の告別式がまだなので、一刻も早く、帰せということです」

中込は、腹立たしげにいった。

「例のジャガーマークのボタンについては、どうですか？」

と、亀井がきいた。

「さすがに、あのボタンを見せたときは、広田も、一瞬、顔色を変えましたがね。しかし、そんなボタンは、ロンドンに行けばいくらでもあると、うそぶいていますよ」

と、中込は肩をすくめた。

「ロンドンに行けばですか」

十津川は苦笑した。

「逮捕状をとって、広田の洋服を、全部、調べたいんですが、本部長も、検察も、今の状況では、まだ、逮捕状は出せないと、慎重でしてね」

「そうかといって、勝手に、彼の自宅マンションを調べるわけにもいきませんね」

と、亀井がいう。

「広田には、問題のブレザーを提出するようにいったんですか？」

と、亀井がきいた。

「もちろん、要請しましたが、断わられましたよ。それに、この暑い時にブレザーは着ないよと、笑いましたよ」

と、中込はいう。

「しかし、五日は肌寒かったし、クーラーつきの車で、広田が、東京からやって来たとすれば、ブレザーを着ていても、おかしくはありませんが」

「私も、そう思いますが、無理に持って来させるわけにもいきません。それに、今頃は、ボタンをつけかえるか、焼却しているんじゃないかとも思っているんですが」

中込は、かなり弱気になっているようだった。

「私たちも、彼に会わせてくれませんか」

と、十津川は、中込に頼んだ。

「私はいいですが、広田は、春山弁護士の同席を要求して来ると思いますよ」

「構いませんよ」

と、十津川はいった。

2

十津川と亀井は、春山弁護士の立ち会いの下で、広田に会った。

どちらとも、十津川は、前に会っている。

「これは、不当なものですよ。私は、広田さんに、行く必要はないといったんです。だが、広田さんは、自分の周囲で起きた事件なんだから、解決に協力する義務があるといわれましてね」

と、春山がいった。

「まあ、春山さん。十津川さんが、私をここへ呼んだわけじゃないんだから」

と、広田は笑った。余裕のある笑顔だった。

十津川は、そんなことを考えながら、

「まだ、遺言状は見せてもらえませんか？」

と、春山にきいた。

「何といっても、遺族の方の同意が必要ですのでね。広田さんは同意されても、中井美矢子さんが、現在、入院中というのでは、公表するのにいい状況とは、いえませんね」

「十津川さん」

と、広田が、口を挟《はさ》んだ。

「何です？」

「高見沢社長の遺言状の内容が、今度の事件に関係があると思われるんですか？」

「それは、わかりませんが、何といっても、数十億円の財産ですからね」

と、十津川はいった。

広田は、「いいですか」といって、煙草をくわえて、火をつけた。

「遺言状の中身は、私も知りませんが、特別な内容とは思いませんよ。それに、私を犯人だと思えば、遺言状の内容には関係なく、犯人と決めつけられるんじゃありませんかね。私に不利な内容なら、だから、殺したというでしょうし、もし、有利な内容なら、社長の気の変らない中《うち》に殺したんだというんじゃありませんか？」

「事件とは、全く関係ないというわけですか？」

と、亀井がきいた。

「関係ありませんよ」

「しかし、高見沢夫婦が死に、中井美矢子まで死んでしまえば、高見沢家の財産のほとんどは、あなたのものでしょう？　高見沢さんに兄弟はいないし、親戚も少いようだから」

亀井が、しつこく、いった。

「私が、高見沢夫婦だけでなく、中井美矢子まで、殺そうとしたというんですか？」

広田は、肩をすくめるようにして、きいた。

「違いますか？」

これは、十津川がきいた。

「警察の人は、私ばかりをマークしているみたいだが、彼女だって、怪しいですよ」

広田は、思わせぶりに、いった。

「どこが、怪しいんですか?」

「刑事さんたちは、冴子さんと、彼女の妹の間を、どう見ているんですか? 仲のいい姉妹だと思っているんですか?」

「違うんですか?」

「こんなことは、いいたくないんですがねえ。あの二人は仲が悪くて、冴子さんなんか、腹を立てて、姉妹の縁が切れるものなら切りたいと、いつも、いっていたんですよ」

「それは、知りませんでしたね」

「もう一つ、あの姉妹は、腹違いなんですよ」

「本当ですか?」

「調べてくれれば、わかりますよ」

と、広田はいった。

「腹違いでも、仲のいい姉妹は、いくらでもいるでしょう?」

亀井が、抗議するように、広田を見た。

広田は、馬鹿にしたように、小さく笑って、

「彼女の笑顔に欺《だま》されちゃいけませんよ。それに、一見、まじめに見えますからねえ。ところが、大違いなんですよ。大変な野心家です。あの女は」

「じゃあ、誰が、彼女を殺そうとしたんですかね？」

　と、十津川がきいた。

「わかりませんよ。一緒に、男がいたんでしょう？」

「小山啓介という弁護士の卵です」

「その男と、ケンカでもしたんじゃありませんか。原因は知りませんがね」

「ケンカで、殺し合いになりますかね？」

「そりゃあ、わかりませんよ。彼女は、怖い女ですからね。弁護士の卵ということで、彼女が利用していた。それが、要《い》らなくなったので、捨てようとして、男が怒ったのかも知れませんね」

「しかし、小山啓介は、彼女が箱根へ呼んだんですよ。あなたが、高見沢冴子を殺した証拠をつかんだといって」

　と、十津川はいった。

「証拠って、例のボタンですか」

「そうです。珍しいボタンですがねえ」

「珍しいが、二つとないボタンというわけでもありませんよ。私と同じように、ジャガー・ファンの人が、同じブレザーを持っているのを知っています。ボタンも、全く同じですよ」

　と、広田は、微笑しながら、いった。

「しかし、その人が、仙石原に来る確率は、小さいんじゃありませんか？」

亀井がきくと、広田は、

「それが、違うんですよ。実は、その人は、箱根に別荘を持っているんです。名前をいってもいいですがねえ。会社の社長で、私とは親しいんです。同じジャガー・ファンということで、親しくしてもらっていますよ」

と、いった。

ああいえば、こういうという感じの喋り方だった。

「それなら、問題のブレザーを、ここへ持って来たらどうですか？」

と、亀井がいった。

「そんなことをする必要はありません」

春山弁護士が、間髪《かんはつ》を入れずに、拒否した。

「しかし、これは、殺人事件ですからね。そして、広田さんは、容疑者の一人です。自《みずか》ら、全てを見せて、潔白を証明された方がいいと思いますがねえ」

と、十津川はいった。

「犯人を見つけるのは、警察の仕事ですよ。広田さんは、二つの事件について、ちゃんとしたアリバイがある。事件とは、無関係です。もし、これ以上、容疑者扱いされるようなことになれば、警察に対して、一切《いっさい》の協力を拒否するだけでなく、告発に踏み切りますよ。脅《おど》しでなく申しあげるが、私には、検察の上層部に、何人もの知り合いがいます。警視庁のトップとも親しくしてもらっていますよ。嘘ではありません」

と、春山はいった。

十津川は苦笑して、

「別に、嘘とは思っていませんよ。確か、三上刑事部長も、春山さんの大学の後輩じゃありませんか？」

「そうです。三上部長とも、親しくしてもらっています」

「しかし、そのことと、本件の解明とは、別問題でしょう？　偉い人だって、真実解明に反対はしないはずですよ」

と、十津川はいった。

「もちろん、誰だって、真実の解明に反対はしませんよ。だが、思いつきで、引っ張られては困るということです。今度の件は、明らかに、それに該当しますよ。ただ単に、利益があるからとか、たまたま、同じボタンが落ちていたというだけで、わざわざ、小田原まで呼びつけたわけですからね」

と、春山がいうのを、広田は、止めて、

「まあ、私も、冴子さんが殺された仙石原を見たかったから、丁度《ちょうど》、よかったんですよ」

と、十津川にいった。

「仙石原は、初めてなんですか？」

「そうです。先日は、社長夫人の遺体を引き取るだけで、帰京しましたからね。花でも、たむけて来ようと思っています」

広田は、殊勝らしく、いった。

「小山啓介と中井美矢子が、仙石原で襲われた日のアリバイについては、お聞きしましたが、高見沢夫婦が殺された日時のアリバイについては、まだ、お聞きしていませんが」

と、十津川がいうと、広田は、眉を寄せて、

「そのことは、中込警部からもきかれましたがねえ。あれは、明らかに無理心中ですよ。私とは、何の関係もない。私は、あの夫婦が、富士・箱根の水入らずの旅で、こわれかけた夫婦の縒《より》をもとへ戻してくれたらと願っていたんですが、結果的に、逆になってしまった。それなんですよ」

「無理心中とすると、高見沢さんは、なぜ、奥さんを殺してしまったんでしょうか？　絶対に、殺すような人じゃないという声もあるんですが」

と、十津川はいった。

「誰がいったか、想像はつきますよ」

と、広田は、舌打ちしてから、

「高見沢社長が、立派な人間だということは、間違いありません。しかし、彼だって人間だ

し、意外に短気なところもあったんです。部下を、いきなり殴って、相手から訴えられたことだって、あったわけです。今度の旅行に出かけるとき、彼は、大きな期待を持っていました。その期待が大きかっただけに、うまくいかなかった時、落胆が大きすぎたんじゃないかと、思うんですよ。もう駄目だという思いが、彼に、発作的《ほっさてき》に奥さんを殺させたんじゃないかな」

「そのあと、自殺ですか？」

「そうですよ」

「しかし、一日、間を置いて、死んでいますよ」

「人間は、すぐには死ねないものです。特に、彼は社長だったから、会社のことも、あれこれ考えたに違いないんです。だから、すぐには死ねなかったんだと思いますよ。それは、当然だと思いますね」

「夫婦仲は、そんなに悪くなかったという人もいるんですがね」

と、亀井がいった。

広田は、また、舌打ちして、

「それも、中井美矢子が、いってるんでしょう？　私は、いつも、二人の傍にいたんですよ。彼女は、福島にいて、たまにしか、姿を見せなかったんです。そんな人間に、何がわかるんですか？」

「彼女が、嘘をついていると？」

「そうです」

「なぜ、彼女は、そんな嘘をつくんでしょうか？」

「決っていますよ。この私を、悪者にしたいからです。それどころか、殺人犯人に仕立てあげたいんです。もちろん、高見沢家の全財産を、ひとり占めにしたいからですよ。いったでしょう。あの娘は、大人しそうに見えて、したたかなんですよ」

広田は、外人のように、大きく手を広げて見せた。

「彼女のことを、どのくらい知っているんですか？」

と、亀井がきいた。

3

「最初は、まあ、可愛らしい娘さんでしたよ。大学に入ってから時々、東京へ来るようになったんです。別のいい方をすれば、社長と冴子さんが、結婚して、一年ほどしてからですよ。冴子さんも美人だが、この妹さんも、美人になるだろうなと思いましたね。ただ、顔立ちが違うなとは、思っていましたよ」

と、広田はいった。

「それが、腹違いの姉妹のせいだとわかったわけですね？」

「冴子さん自身の口から、聞きましたからね。しかし、最初は、別に、そのことに拘《こだ》わりませんでしたよ。むしろ、彼女に同情しましたね。いろいろと大変だったろうなと、思ってね。しかし、彼女が大学生になった頃から、見る眼が違って来ましたね」

「どう違って来たんですか？」

十津川は、興味を持って、きいた。

「今、彼女は、大学の三年生ですが、やたらに、高見沢家の財産に興味を持っていることがわかって来たんです。異常なくらいですよ。そうだ。今年の春、三年になったとき、社長が、奥さんの妹だというので、何か、プレゼントをしたいといったら、スポーツ・カーが、欲しいといったそうですよ」

と、広田はいった。

「それで、高見沢さんは、スポーツ・カーを買い与えたんですか？」

「ええ。国産ですが、それでも、三百万はしたんじゃないかな。すぐ、彼女は、お礼の電話をかけて来たんですが、その時、高見沢社長に何といったと思います？」

広田は、ニヤッと笑って、十津川を見た。

「わかりませんね。何といったんですか？」

「これは、社長から聞いたんですが、ありがとうといってから、あのスポーツ・カーは、お義兄《にい》さんの儲《もう》けの何日分で買えるのって、きいたそうです」

「なかなか、面白いきき方ですね」

と、十津川はいった。

広田は、むっとした顔になって、

「冗談じゃありませんよ。彼女、二年浪人しているといっても、まだ、二十二歳ですよ。彼女は、いわば、金の亡者《もうじゃ》ですよ。どんな手段を使ってでも、高見沢家の財産を、自分のものにしたいと思っているはずです」

と、いった。

「信じられませんね」

と、亀井がいうと、広田は、軽蔑したような眼になって、

「お二人は、優秀な刑事かも知れないが、人間を見る眼は、甘いですねえ」

と、いった。

「しかし、ご自分は、どうなんですか？」

と、十津川は、広田を見た。

「私が、どうだというんですか？」

「高見沢社長が亡くなったので、副社長のあなたが、今後は社長として、会社を運営していくことになるんじゃありませんか？」

と、十津川はきいた。

「他に、いませんからね」

と、広田はいった。が、すぐ、続けて、

「しかし、いっておきますが、これは、私が希望したことじゃありませんよ。社長夫婦が、あんなことになったので、自動的に、こうなってしまったんです」

「しかし、社長の椅子は、悪いものじゃないでしょう？」

「どうでしょうかね。それだけ責任が、重くなりますからね」

と、広田はいった。

4

神奈川県警としても、これ以上、広田を引き止めておくわけにはいかず、東京に帰すことになった。

「残念ですよ」

と、中込警部は、口惜しそうに、十津川にいった。

「彼が、犯人だという証拠をつかめれば、いつでも、逮捕できますよ。広田は、今、社長ですからね。逃げ隠れは出来ないと思いますから」

と、十津川はなぐさめた。

「例のナイフですが、刃についていた血痕は、やはり、AB型と、B型の両方でした」

「AB型は、小山啓介ですか?」

「そうです。B型は、中井美矢子です。二人を刺したナイフであることは、間違いないと思います」

「だが、広田に結びつく証拠は、ないわけですね?」

「そうです。何しろ、二人が刺されたのが、日没直前ですからね。犯人が、早川に、ナイフやマスクなどを捨てたときは、もう、暗くなっていたと思います。だから、目撃者が見つからないのです」

「広田は、ジャガーに乗って来た可能性もありますが、車の目撃者は、どうですか?」

と、亀井が、中込にきいた。

「ブルーメタリックのジャガーですね。調べてみましたが、仙石原近くで、その車を見たという人間は、まだ、出て来ません」

「小山啓介の解剖結果は、どうでした?」

これは、十津川がきいた。

「想像した通りというべきか、中井美矢子の証言の通りだったというべきか。死因は、出血死で、死亡推定時刻も、午後六時から七時の間でした」

と、中込はいった。

入院している美矢子は、あと一週間は、退院できないということだった。

十津川と亀井も、東京に帰ることにした。

二人が東京に帰ったのは、七月十二日だった。

十津川は、まず、西本刑事たちから、中井美矢子についての調査結果を聞いた。

「彼女の父親は、福島で旅館を経営していました。昔は盛況で、資産家でもあり、父親は、二号も囲っていたといわれます」

と、西本は、手帳を見ながら、報告した。

「その女の方に産まれたのが、美矢子ということかな？」

「そうです。父親が認知し、その後、冴子と姉妹として、育てられました。美矢子の本当の母親は、彼女が中学二年の時に亡くなっていますが、父親の旅館経営が、うまくいかなくなってからは、苦労したようです」

「しかし、彼女は、大学へ行っているね」

「そうです。姉の冴子の方は、短大を出ると、東京へ出て芸能界に入り、女優になりました。美人女優ということで、一応、自立出来るようになりました。その頃から、中井家は斜陽になり、美矢子の大学行が、難しくなって来たわけです」

「二年間、浪人生活を送ったというのは、嘘なのかね？」

と、十津川はきいた。

「実際には、東京へ出て働いていたようです。どこで、どんな仕事をしていたかは、まだわかりません。その後、姉の冴子が高見沢と結婚し、高見沢の援助で、何とか旅館業も元に戻って、美矢子も、福島に帰って、大学へ行くようになったわけです」

と、西本に代って、日下刑事が報告した。

「なぜ、東京の大学へ行かなかったんだろう？」

と、亀井がきいた。

「美矢子自身は、両親のことが心配だったので地元の大学へ行くことにしたと、友人たちには、いっているようです」

「親孝行ということか」

「そうですが、大学へ入るまでの二年間、彼女が、何をしていたかが、問題だと思いますね。もし、東京へ行っていたとすると、親孝行というのは、眉唾《まゆつば》になって来ますからね」

「その点は、調べてみてくれ」

と、十津川はいってから、

「姉妹の仲は、どうだったんだろう？」

「そこが、微妙なようです」

と、西本がいった。

「微妙というと？」

「美矢子は、自分の姉が女優だということを、友だちに自慢していたようです。姉のサインをもらってやるといったりもしていたようですが、一方で、その姉のおかげで、自分が大学へ行けたり、車を買ってもらえることに、屈辱感も覚えていたようにも思えます」

「高見沢に、スポーツ・カーを買ってもらったのは、事実だったんだね？」

と、十津川は確めた。

「そうです。それについて、面白いことがあります」

「何だ？」

「彼女は、その車で大学へ通い、友だちを乗せてやったりしていたわけですが、友だちが、やたらに姉の冴子のことを賞《ほ》めたりしたとたん、急に不機嫌になり、次の日から、スポーツ・カーに乗って来なくなったそうです」

と、日下がいった。

「美人で、女優の姉が、誇りであると同時に、憎悪の対象であったということかな？」

「そうかも知れませんね。その点のところは、私は、そんな兄弟も持っていないし、腹違いの兄弟もいませんから、よくわかりませんが」

と、西本はいった。

「小山啓介と、中井美矢子との関係は、いつ頃から、始まったんだ？」

と、十津川は、話題を変えて、西本と日下の二人にきいた。

「法律事務所の話では、今年の二月に、突然、彼女がやって来て、その時、応対したのが、小山だったということです」

と、西本がいった。

「今年の二月なのかね？　もっと、前からの知り合いだと思っていたんだが」

十津川は、ちょっと意外な気がした。

「偶然、小山が、同じ福島の大学の卒業ということで、個人的な関係も出来ていったのだと思います」

「彼女は、何の相談に、行ったのかね？」

「それなんですが、受付では、子供の認知の問題で相談したいといったそうです。それで、てっきり、彼女自身の子供のことかと思ったと、所長はいっていましたね」

「その後、どうなったんだ？」

「それなんですが、小山と個人的に、つき合うようになって、事務所の方へは、全く、姿を見せなくなったそうです」

と、西本はいった。

「事務所にとっては、有難《ありがた》くない客だね？」

「それで、所長が、小山に注意したらしいんです。勝手に相談に応じたりしないで、仕事は事務所を通せと」

「所長としたら、当然の注意だろうね。所員が、勝手に個人的に客とつき合い始めたら、商売にならないからね」

と、十津川は笑った。

「小山は、一応、気をつけますといったらしいんですが、そのままだったそうです。ただ、面白いことをいったそうです。あの娘さんは、将来、何十億という遺産の相続人になるかも知れない。その時には、いいお客になりますと、所長にいったというのです。なぜ、そんなことをいったのか、気になるんですが」

「まさか、今日のことを、予想していたわけじゃあるまいがね」

「所長の手前、そういったのかも知れませんが――」

「小山と美矢子は、恋人同士だったのかね？」

と、亀井がきいた。

「小山の方が、彼女を愛していたことは、間違いないと思います」

と、日下がいった。

「彼女の方は、どうだったんだ？」

「これは、福島県警が調べてくれたんですが、彼女の大学の女友だちの話だと、彼女は、今、弁護士の卵の人とつき合っていると、自慢そうに、いっていたというんです」

「小山の名前も、いっていたのかね？」

「それは聞いていないみたいですね。二人で写した写真を、見せられた友だちもいたようです」

「すると、恋人同士だったことは、間違いないんだな？」

と、亀井が念を押した。

「そう思います」

「小山というのは、どんな男なんだ？」

と、亀井がきいた。

「いろいろに、いう人がいます。大人しいという人もいれば、話好きで、ほがらかだという人もです。ただ一つ、共通しているのは、野心家だということですね。それは、みんながいいますね」

「野心家か」

「中には、実力もないのに、野心ばかり大きいと、悪口をいう人もいますが」

「どんな家庭の育ちなんだ？」

「福島の平凡なサラリーマンの三男坊です」

と、日下がいった。

「野心家の青年と、数十億円の財産が手に入るかも知れない女子大生の組合せか」

亀井が呟《つぶや》いた。

「まさかとは、思いますが――」

西本が、語尾を濁していう。

「まさか、何だい？」

と、十津川がきいた。

「中井美矢子と小山が共謀して、高見沢夫婦を殺したなんてことはないと思いますが――」

「可能性は、あるよ」

と、十津川はいった。

5

七月十五日の午後二時から、高見沢の告別式が、青山斎場で行われた。

喪主は、広田だった。

奇妙な告別式といえないこともなかった。

本来、同時に葬《ほうむ》られるべき、妻の冴子の名前がどこにもなかったし、中井家からの参列者が、一人もなかったからである。無理心中の尾が、まだ、残っている。というより、中井家の方は一層、かたくなに、なっているのかも知れなかった。

十津川は、亀井と二人で、青山に出向いた。

高見沢の生前の交友関係の広さを示すように、次から次へと、高級車が走り込んで来て、参列者がおりてくる。

顔を知っている政財界の人の姿もあった。が、仕事上の知り合いがほとんどで、乾いた感じでもあった。

受付も、高見沢商事の社員たちである。

広田は、汗を拭《ふ》きながら、動き廻っていた。

当然のことだが、社員たちは、彼のことを社長と呼んでいる。それが、嬉しそうだった。

「奥さんの方は、誰も見えていないようですね」

と、十津川が声をかけると、広田は、眉をひそめて、

「春山弁護士を通じて、何回も、一緒にと申しあげたんですがねえ。向うは、終始、かたくなで、いい返事をして下さらないんですよ。仕方なく、こんな形の告別式になってしまいました」

と、いった。

「困ったことに、冴子さんのご両親は、高見沢社長を告発するとまで、いっているんですよ」

と、一緒にいた春山弁護士は、十津川にいった。

「娘が、殺されたということでですか？」

「そうです。無理心中といっても、殺人であるといってもね」

と、春山はいった。

「とすると、遺言状の公表も、なかなか、できませんね」

十津川は、きいた。

春山は、肯いて、

「できれば、今日、告別式のあとで、公表したいと思っていたんですよ。遺族が集まりますからね。ところが、奥さん側の人が、一人も来ていませんからね。それに、電話しても、こちらの話を聞いてくれんのです。まず、娘を殺したことを、謝罪せよといってですよ」

「公表して、写しを、中井家に送ったらどうなんですか？」

と、十津川はいった。

「そうするより、仕方がないと思っているんですが、弁護士の私としては、なるべく、全員がいるところで公表したいのです」

と、春山はいった。

告別式は、延々と続いている。ひっきりなしに車が到着し、おりてくる人々に向って、広田は、挨拶し、名刺を渡していた。

「見方を変えると、これは、広田の社長就任のおひろめですね」

と、亀井が、小声で、十津川にいった。

十津川は、笑って、

「カメさんも、そう思うか」

「広田は、中井家側がボイコットしたので、困ったみたいにいっていますが、自分を売り出すには、この方が良かったんじゃありませんかねえ。広田のしたいように、出来るわけですから」

と、亀井がいう。

「このことを前から考えていたとすると、広田は、悪人ということになるんだが」

十津川は、難しい顔になっていた。

(やはり、広田が犯人だろうか?)

という、疑問もあったからである。

十津川たちが捜査本部に戻ると、待っていた西本刑事が、

「七月十一日の広田のアリバイですが、午後六時に、千葉の西船橋《にしふなばし》で見たという目撃者が、出て来ました」

と、いった。

「それ、間違いないのかね?」

「GSの給油係の青年が、広田の顔と、ジャガーのナンバーを覚えていたんです。今、日下

刑事が、会いに行っています」

と、西本はいう。

「それが事実なら、仙石原で、小山と中井美矢子を襲ったのは、別人ということになるねえ」

十津川は、半信半疑の顔で、いった。

日下刑事は、三時間ほどして帰って来た。

「当人に、会って来ました」

と、日下は、もらって来た名刺を十津川に見せた。

〈N石油西船橋給油所　石渡《いしわた》　亘《わたる》〉

「時間は、間違いないんだろうね？」

と、亀井が念を押した。

「なんでも、午後六時から七時の間に、交替で夕食をとるんだそうです。この石渡という青年は、午後六時に夕食をすませた直後に、問題のジャガーがやって来たといっているんです。だから、六時十五分頃だといっています」

「乗っていたのは、広田に間違いないんだな？」

「顔立ちをいってくれましたが、間違いなく、広田ですね。車のナンバーも、覚えていました」

「午後六時十五分に千葉の西船橋では、午後六時から七時の間に仙石原へ行くのは、無理だね」

　と、十津川はいった。

「まさか、その石渡が、どこかで、広田とつながっているようなことはないだろうね？」

　亀井が、日下にきいた。

「偽証ですか？」

「そうだよ」

「それは、これから調べてみないとわかりませんが、一応、彼が、N石油に提出した履歴書を、持って来ました」

　と、日下はいった。

　写真が貼付《てんぷ》された履歴書である。

　高校を卒業し、二年して、N石油に入っている。

「二十歳か」

　と、十津川は呟き、若々しい顔写真を見やった。

「間もなく、二十一歳です」

と、日下が丁寧《ていねい》にいった。

十津川は、苦笑しながら、

「この石渡亘は、どうして、見つかったんだ？」

「広田は、問題の七月十一日ですが、千葉、埼玉方面に、土地を探して車を走らせていたといい、その間、船橋市内で給油したといっていたんです。それで、船橋市内のガソリンスタンドに、片っ端から電話してみたんです。そうしたら、このガソリンスタンドの給油係が、そのジャガーが来たといったわけです」

と、西本がいった。

「それで、私が、早速《さっそく》、飛んで行ったというわけです」

と、日下がいった。

6

その日の中《うち》に、石渡亘の周辺を洗う作業に取りかかった。

この青年が、どこかで広田とつながっていれば、広田のために、アリバイ作りに加担した可能性が出てくるからである。

二人の故郷、出身校、友人といった比較から、N石油と広田の間に関係がないかまで、徹底的に調査した。

翌日も、丸一日を使って、調査を続けた。何しろ、一人の人間の、クロかシロかを決めるかも知れないのだ。慎重の上にも、慎重でなければならなかった。

そうして得た結論は、二人の間に、どこにも関係はないというものだった。

七月十一日に、広田が、給油しながら、石渡亘を買収した形跡もなかった。

「これで、広田のアリバイが、成立してしまいましたね」

亀井が、ぶぜんとした顔で、いった。

「カメさんは、不満そうだね」

と、十津川がいった。

「正直にいって、不満ですね。てっきり、広田が犯人と思っていました。もし、彼が犯人でないとすると、小山啓介を殺し、中井美矢子に重傷を負わせたのは、いったい、誰だということですか？」

と、亀井は、腹立たしげにいった。

十津川は、苦笑して、

「私に文句をいわれても、困るんだが」

「警部は、本当に、広田はシロだと思われるんですか？」

と、亀井は、逆に十津川にきいた。

「いや、今でも、あの男は、うさん臭いと思っているよ。動機は十分だからね。しかし、七月十一日のアリバイがあっては、どうしようもないよ」

「仙石原で見つかったジャガーマークの金ボタンは、どうなるんですか？」

「広田のいう通り、箱根に別荘を持っているという友人が、落としたのかも知れない」

「そんなことは、信じられませんね」

「それに、あのボタンが、七月十一日に、落ちていたという確証はないんだ。もっと前に、落ちていたのかも知れないしね」

と、十津川はいった。

十津川は、神奈川県警の中込警部に、ガソリンスタンドの証言のことを、電話で知らせた。

中込も、やはり、がっかりした様子で、

「広田にアリバイが、あったんですか」

「そうです」

「そのスタンドの人間が、広田に買収されたんじゃありませんかねえ。どうも、そんな気がして仕方がありませんよ」

と、中込はいう。

数十億円の遺産を引き継ぐのだから、買収のために、百万、二百万を投資するぐらい、何とも思わないだろうというのである。

「その点は、引き続いて、調べるつもりですよ」

と、十津川はいってから、

「入院している中井美矢子の様子は、どうですか？」

「若いんでしょうね。一週間の入院が必要といわれていたんですが、明日、退院できるそうです。足の包帯はとれないので、松葉杖が必要ということですよ」

と、中込がいった。

「彼女が退院できれば、広田と同席させて、高見沢の遺言状を公表できますね」

「そんなに、遺言状の中身が大事ですか？」

中込が、きく。

「興味はありますよ」

「しかし、中身は、だいたい、想像がつくんじゃありませんか。高見沢は、奥さんが死ぬことまで予期してなかったでしょうから、会社は、副社長で甥の広田に委せ、個人の財産は、妻にという内容だと思いますよ」

「私も、そう思います」

「それなら、犯人を特定するヒントには、なりませんよ」

「わかっていますが、ひょっとすると、何か、特別なことが書いてあるかも知れません。そうなら、面白いと思いましてね」

と、十津川はいった。

「春山という弁護士は、遺言状の内容を知っているわけですね？」

「立ち会っていますからね」

「もし、遺言状が奇妙なもので、殺人の動機を暗示しているのなら、彼が、われわれに話してくれているはずだと思いますが」

と、中込はいった。

「だが、あの弁護士は、広田に買収されているような気もします。もし、そうなら、内容が広田に不利なら、われわれには、黙っているし、公表は、なかなか、しないでしょう」

「公表しないのは、高見沢、中井両方の遺族が、揃わないからじゃないんですか？」

と、中込がきいた。

十津川は、肯いて、

「私も、そう思っていました」

「違うんですか？」

「わかりませんがね。どうも、両家の遺族が揃わないのを口実に、公表をしないでいるような気もしてきたんですよ。中井美矢子が出席しなくても、彼女の代理の弁護士なり、友人なりを呼べばいいわけですからね。それに、広田が、いっこうに遺言状を見たがらないのも、奇妙です」

と、十津川はいった。

「しかし、広田が、春山弁護士を買収しているとしてですが、遺言状の公表をおさえさせることに、どれだけの利益があるでしょうか？」

「もし、広田に不利な遺言状で、それが公表されてしまうと、そのあと、中井美矢子を殺せば、すぐ、彼が疑われます。殺したあとに公表されれば、内容を知らないのに、殺すはずがないと、主張できますよ」

と、十津川はいった。

「それで、中井美矢子は、殺されかけたんでしょうか？」

「かも知れません。殺しておいて、遺言状を公表する。全く内容は、知らなかったといってです。或いは、もっと汚いことをやるかも知れません」

「と、いいますと？」

「公表を渋っている間に、遺言状が、偽造されることだって、あり得ます」

と、十津川はいった。

「まさか。そんなことをすれば、弁護士にとって、命取りですよ」

「偽造しなくても、細工《さいく》は可能ですよ」

「どんなですか？」

「高見沢敬が、例えば、毎年、遺言状を書いていたとします。もちろん、一番新しい遺言状が有効なわけですが、春山は、その中で、広田に有利なものを、これが唯一の遺言状だといって、公表するかも知れません。春山は、遺言状はあるといっていますが、どんな形式で書かれたのか、いつ作成したのか、全く、いいませんからね」

と、十津川はいった。

「あの弁護士を、信用しておられないようですね」

「何となく、信用できない気がするだけです」

と、十津川はいった。

7

翌日、中井美矢子は、小田原市内の病院を退院し、ハイヤーで東京へ戻った。

十津川は、亀井と、新宿のホテルに、彼女を訪ねた。

ダブルの部屋をとっているという美矢子は、まだ、松葉杖を使っているので、十津川たちが、彼女の部屋へあがって行った。

三十階にある部屋の窓からは、遠くに、富士が見える。

「しばらく、東京にいようと思っていますわ」

と、美矢子は、十津川たちにいった。

「高見沢家の財産のことが、気になりますか？」

と、亀井が、不遠慮にきいた。

美矢子は、一瞬、眉をひそめたが、

「財産の半分は、亡くなった姉のものですものね」

と、いった。

「それを、あなたは要求するつもりですか？」

十津川が、きいた。

「当然の権利として、要求するつもりですわ。それに、仙石原で殺された小山さんのこともありますわ」

「今でも、彼を殺したのは、広田だと思っていますか？」

「他に考えられませんもの。ハンドバッグなんかは盗《と》られていないんだから、盗みが目的で、私や、小山さんを襲ったはずはありませんわ。そう考えれば、何の目的かは、明らかですわ」

美矢子は、しっかりと、十津川を見つめて、いった。

「あなたを殺すのが目的だというわけですね？」

「もちろんですわ。彼は、高見沢家の全財産を、自分のものにする気ですわ」

「しかし、あなたを殺しても、あなたの両親がいるでしょう？」

「私の両親は、昔の人間だし、何とでもなると思っているはずですわ。うるさいのは、私だけだし、それに、私をサポートしてくれている小山さんも殺してしまえば、あとは、自分の思う通りになると、考えたんだと思いますわ」

美矢子は、いった。

負けん気が、はっきりとわかる喋り方だった。

「しかし、あなたと小山さんが、仙石原で襲われた七月十一日に、広田は、ちゃんとしたアリバイがあるんですよ」

十津川は、西船橋のガソリンスタンドの話をした。

だが、美矢子は、手を小さく振って、

「警察は、そんな子供だましの細工に、簡単に欺《だま》されてしまうんですか?」

と、いった。

亀井が、眉をひそめて、

「われわれは、この給油係の男について、徹底的に調べて、広田と何の関係もないことを、確認していますよ」

「それは、今までに、関係がなかったということでしょう?」

「そうです」

「広田という人は、自信家で、お金で何でも出来ると思っているんですわ。ガソリンスタンドの給油係の一人ぐらい買収するのは、簡単だと思っているでしょうし、その通りにする人ですわ」

「広田が、給油係を買収して、偽証させたというわけですか？」

と、十津川がきいた。

「確証はありませんけど、そのくらいのことは、する人ですわ」

「あなたは、広田を憎んでいるようだから、何もかも、悪く取るんだろうが——」

と、亀井がいうと、美矢子は、

「感情だけで、いってるんじゃありませんわ。事実をいってるんです」

「どんな事実ですか？」

「姉の結婚式のとき、私は、初めて広田さんに会ったんです。そのとき、十九歳でした。都内のホテルに泊っていたんですけど、彼は、車で送ってくれたあと、いきなり、口説《くど》きましたわ。ホテルの私の部屋まで、押しかけて来たんです」

と、美矢子は笑った。

「広田は、その時、奥さんがいたんですか？　今は、離婚して、独身ですが」

「確か、奥さんとは別居中でしたわ」

「あなたに、結婚してくれといったんですか？」

「まだ、奥さんと完全に離婚はしてなかったんですよ」

「なるほど」

と、十津川は苦笑した。

生まれつきの女好きということなのか。

「あとでわかったんですけど、彼は、私の姉が好きだったみたいですわ」

と、美矢子は、意外なことをいい出した。

「本当ですか？」

「だから、せめて、妹の私を強引《ごういん》に口説いたんじゃないかしら。そんなこともあって、彼は、自分をふった姉を憎んでいたし、高見沢さんを、よく思っていなかったはずですわ。財産の他にですわ」

「つまり、三年前から、広田は、高見沢夫婦に、ふくむところがあったというわけですかね？」

と、十津川は、美矢子を見た。

「ええ。刑事さんが見るより、もっと、根が深いはずですわ」

と、美矢子はいった。

「高見沢さんの遺言状を、早く見たいと思いますか？」

十津川が、きいた。

「ええ。もちろん」

「しかし、あなたが反対しているので、肝心の遺言状を公表できないといっていますがね」

と、十津川がいうと、美矢子は、笑って、

「それは、広田さんがいってるんでしょう？　私は、一度も、反対なんかしていませんわ。ただ、私には、一つだけ気になることがあるんです」

「どんなことですか？」

「春山弁護士さんが、完全に、広田さんに取りこまれてしまっていることですわ。だから、何らかの意味で、遺言状に細工をするとか、遺産の分与について、広田さんに有利になるように動くんじゃないかと思っているんです」

と、美矢子はいった。

「その危険があると、思うんですか？」

「ええ。だから、私は、春山先生に相談せずに、小山さんに、いろいろと相談していたんですわ。春山先生や広田さんには、きっと、小山さんが煙たかったと思いますけど」

「遺言状についてですが、広田さんが、公表したいので集まってくれといえば、行かれますか？」

と、十津川がきくと、美矢子は、

「喜んで、行きますわ」

と、いった。

8

美矢子が同意したということで、翌日、高見沢邸で、高見沢敬の遺言状が、公表されることになった。

十津川と亀井の二人も、意見は挟まないという条件つきで、傍聴させてもらうことにした。

お手伝いがコーヒーを出してくれて、十津川は、それを飲みながら、一つの儀式が始まるのを待った。

弁護士の春山は、おもむろに、封筒に入った遺言状を取り出した。

「申しあげるまでもなく、これは、奥さんの冴子さんが生きている時に、書かれたものです」

と、春山は、みんなの顔を見廻して、いった。

「それは、わかっていますよ」

広田が、いった。

春山弁護士は、肯いてから、

「肝心の財産分与のところを、読みあげましょう。皆さんの関心も、そこだと思いますのでね」

と、いった。

広田と美矢子は、じっと、春山を見つめている。

「高見沢商事については、広田氏に全てを委せるので、経営面、人事面についても、思い通りにやって欲しいと、いわれています。これは、広田氏の手腕を、信頼されているからだと思いますね」

と、春山はいってから、

「次は、個人資産についてです。遺言状には、こう書かれています。妻の冴子について、信用できぬ点があるので、生活費として、年間一千万円を限度として使うことを許可するが、その他の財産は、彼女が信頼できるようになるまで、広田氏に、その管理を依頼したい。このことに関し、法律上の問題があれば、春山法律事務所と、広田氏が相談して欲しい。これだけです」

と、いった。

「ちょっと、待って下さい」

美矢子が、手をあげるようにして、声をかけた。

春山は、遺言状を、手に持ったまま、

「何でしょうか？」

「これじゃあ、会社も、個人資産も、全て、広田さんが、管理するみたいなものじゃありませんか」

と、美矢子が、険《けわ》しい表情で、春山に文句をいった。

「確かにそうですが、遺言状に、そう書いてあるのだから、仕方がありません。お疑いなら、お見せしますが」

「姉が亡くなった今は、その遺言状は、どうなって来ますの？」

「財産の管理は、全て、広田氏に委せられているわけですから、冴子さんが亡くなっても、変更はありません」

「でも、妻が当然、もらえる分があるはずだわ」

「その分は、冴子さんが亡くなったことで、消えてしまいましたね」

「それはおかしいわ。当然、姉は、財産の二分の一をもらえるはずだし、姉が亡くなった今、その分は、私たちのものだわ」

「それは無理ですね。あなたたちに、その権利はありません。もっとも、広田氏さえよければ、冴子さんがもらうことになっていた年間一千万円を、あなたと、あなたのご両親に贈られることは、構わないと思いますが」

と、いって、春山は、広田を見た。

「私は、構いませんよ。美矢子さんにしても、まだ、大学に在学中であり、ご両親も、生活に困っておられると聞いていますから、年間一千万円を差しあげることに、異存はありませんよ」

広田は、笑顔を見せて、いった。

「冗談じゃないわ」

と、美矢子はいい、

「その遺言状は、いつ、作られたの？」

と、春山にきいた。

「去年の三月二十五日の日付になっていますね」

「それじゃあ、一年以上も前に作られたものじゃありませんか。そんな古い遺言状は、信用できないわ」

と、美矢子は、大声を出した。

春山は、苦笑して、

「遺言状は、なにも、毎年、新しく作成しなければならないというわけじゃありませんよ。高見沢さんは、去年の三月二十五日に作ったこの遺言状を、訂正する必要がないと思われていたから、新しく作られなかっただけのことです」

「でも、高見沢さんは、姉との仲を良くしたくて、富士、箱根に、二人だけで旅行したんでしょう？　つまり、姉を愛していたんだわ。その人が、そんな遺言状を作るはずがないわ」

と、美矢子は、食ってかかった。

「奥さんを愛しておられたかも知れませんが、こうした遺言状を作られたところをみると、信用はしていなかったんじゃありませんか」

春山は、あくまで、冷静な口調でいった。

「私は、絶対に認めないわ！」

と、美矢子は叫んだ。

十津川は、彼女が、気の毒になってきた。

これでは、亡くなった彼女の姉も、浮ばれないだろう。

「一つだけ質問していいですか？」

と、十津川は、口を挟んだ。

春山弁護士は、十津川を睨《にら》んで、

「刑事さんには、何も質問しないという条件で、出席して頂いたつもりですが」

「それは、わかっていますが――」

「何を聞きたいんですか？」

「本当に、去年の三月二十五日以後、新しい遺言状は作られていないんですか？」

と、十津川はきいた。

「作られていませんよ。これがもっとも新しい遺言状です」

春山は、断言した。

「私は、承服できないわ！」

と、美矢子が、また、叫んだ。

第五章　逮捕の日

1

一連の事件は、解決したようにも見え、逆に謎が深まったようにも見えた。

中井美矢子と、小山啓介が、仙石原で襲われたのは偶然であって、一連の事件とは無関係と見る立場になれば、今度の事件は、解決したことになるのである。

高見沢が、妻の冴子を仙石原で殺したあと、小田急の列車内で、自ら毒を飲んで死んだことで、事件は解決した。

中井美矢子と、小山を襲ったのは、物盗りの犯行で、一連の事件とは関係がないというわけである。

これが、広田の意見であり、神奈川県警も、これに近づきつつあった。

神奈川県警は、最初、美矢子と小山を襲ったのは、広田と、見ていた。

動機は、もちろん、遺産である。

しかし、美矢子と小山が襲われた件について、広田にアリバイがあることがわかってから、意見を変えたのである。

それに、県警の中込警部の話だと、高見沢の遺言状の内容を知ったこともあるということだった。

「あの内容が、広田に不利な内容のものだったら、小山を殺し、中井美矢子を刺したのは、広田と、考えたと思います。いや、高見沢夫婦の件だって、無理心中ではなく、広田の犯行ではないかと、疑ったと思いますね」

と、中込は電話で、十津川にいった。

広田にしろ、美矢子にしろ、うすうす、遺言状の内容について、知っていたに違いないと、中込は、いった。

「それなのに、広田が、中井美矢子を殺そうとするとは、考えられないのですよ」

と、いうわけである。

中込の考えにも、一理あると思ったが、十津川は、どうしても、小山と美矢子の襲われた事件を、別のものとは考えられなかった。

全てが、高見沢家の莫大《ばくだい》な財産に絡《から》んでいるのだと思う。

だからこそ、高見沢夫婦が、無理心中に見せかけて殺され、妻の妹の美矢子も、襲われたに違いない。

「私も同感ですが、そうなると、犯人は、広田以外に考えられなくなります」

と、亀井が、難しい顔でいった。

「カメさんがいいたいのは、広田には、アリバイがあるということだろう？」

「そうです。特に、美矢子と小山が襲われた日のアリバイが、完璧です」

「しかし、証人の給油係が、偽証している可能性も否定できないよ」

と、十津川はいった。

N石油の石渡亘のことは、その後も調べているのだが、なかなか、買収の事実がつかめない。

いたずらに、日時が経過していった。

もちろん、捜査本部は、そのままだった。

小田原署に置かれた県警の捜査本部も、同じだった。

高見沢夫婦の死を無理心中と見、更に、仙石原での小山啓介の死と、中井美矢子の負傷を、物盗りの犯行としても、その犯人を逮捕する必要があったからである。

新宿署に置かれた東京の捜査本部では、何回目かの捜査会議が開かれた。

まず、十津川が立って、現在の状況を説明した。

「正直にいって、これといった進展はありません。われわれは、高見沢夫婦の死は、無理心中ではなく、殺人だと思っているのですが、その証拠は、まだ、つかめていません。また、仙石原での小山啓介と中井美矢子の件についても、同じです。犯人は、広田と思いますが、アリバイを崩すまでに、到っておりません」

「高見沢夫婦の方も、殺人とすれば、犯人は、広田ということになるんだろうね？」

と、三上部長が、確認するように、きいた。

「今のところ、広田が、もっとも怪しいとは思っていますが、確証はありません」

「アリバイは、どうなっているのかね？」

「高見沢冴子が殺された日も、車中で夫の高見沢が毒死した日も、広田は、仕事で飛び廻っていたといっていますが、証人はいません。ただ、小山啓介と中井美矢子が襲われた日については、アリバイが成立しています」

「すると、こういう考えは出来ないのかね？　高見沢夫婦を殺したのは、広田だが、小山を殺し、中井美矢子を負傷させたのは、他の人間だという考えだが」

「神奈川県警は、その考えです。もっとも、高見沢夫婦については、無理心中と考えているようですが」

「高見沢夫婦は、広田が殺したとして、小山と中井美矢子の方は、広田が、誰かに頼んで殺そうとしたとは、推理できないのかね？　だからこそ、頼まれた人間だから、小山の方は殺したが、中井美矢子の方は、負傷させたが、結局、逃がしてしまった。どうかね？」

と、三上がきく。

「可能性はありますが、他人に殺しを頼むのは危険が大きいですから、果して、広田が、そんな危険な賭けをするかどうかが問題です」

「しかし、アリバイは、どうするんだね？　あのアリバイがある限り、広田を犯人とは、決めつけられんだろう？」

「ガソリンスタンドの給油員の証言については、疑問を持っているので、引き続いて調査したいと思っているのですが」

と、十津川がいったとき、外から電話が入った。

その給油係の石渡亘が、行方不明になったという電話だった。

2

知らせて来たのは、千葉県警の刑事だった。

十津川が、石渡の周辺を調べてくれるように、頼んでおいたのである。

十津川が、電話に出ると、相手は、

「石渡が消えました。勤務先も無断で休んでいますし、自宅マンションにもいません」

「旅行に出かけたということは、ないんですか？」

「ガソリンスタンドの同僚に当っていますが、旅行の話は全くしていません。ただ、妙な話はしていたようです」

「妙な話といいますと――？」

「これは、川藤《かわとう》という友人の話ですが、石渡は、近く大金が入るから、こんな仕事はやめるといっていたそうなんです」

「大金ですか？」

「ええ。その友人が、いくらぐらいか、百万くらいかときいたら、石渡は笑って、もっと大金だよといったそうです」

「そのあと、いなくなったわけですか？」

「翌日から、ガソリンスタンドへ来なくなったので、友人は、大金を手に入れて、やめたのかと思っていたそうです」

「彼の自宅マンションは、調べられましたか？」

「強制捜査は出来ないので、聞き込みだけをやりましたが、彼は、昨日から帰っていないようで、昨日の夕刊、今日の朝、夕刊が、ドアの郵便受けに挟まれたままになっていました。室内に、明りはついていません」

「室内で死んでいるということは、考えられませんか？」

「1Kの部屋で、一階なので、窓からのぞいてみましたが、人の姿は見えません」

「昨日から、ガソリンスタンドに、出ていないんですか？」

「そうです」

「友人には、大金が手に入るといっていたんですね？」

十津川は、念を押した。

「そうです」

「明日になっても行方がわからなければ、何とか、令状を取って、部屋を調べてみて下さい。われわれも、そちらへ行きます」

と、十津川はいった。

翌日になっても、石渡の行方はつかめず、千葉県警が家宅捜索をすることになったというので、十津川は、亀井を連れて、西船橋に急行した。

ＪＲの西船橋駅から、歩いて二十分ほどのところに建つ古いマンションだった。

その一階の一〇五号室には、もう、県警の刑事が入っていた。

二十代の若者の部屋らしくて、布団は敷きっ放しで、テレビの前にはレンタルビデオが積み重ねてあった。

机、冷蔵庫はあったが、他の調度品は、何もなかった。

ただ、洋服が、何着も壁に打ちつけたクギにかけてあった。いずれも、かなり高そうな服である。服のお洒落《しやれ》にだけ、金をかけていたように見える。

（こんな服を置いて、姿を消すのはおかしいな）

と、十津川は、まず、思った。

「部屋に、誰かが侵入した形跡は見えません」

と、県警の刑事が、十津川にいった。

すると、石渡は、自分で、この部屋を出て行ったことになる。

「友人がいっていたという、大金を手に入れに、どこかへ行ったということですかね？」

亀井が、部屋を見廻しながら、いった。

「そして、その相手に連れ去られたかな？」

「広田のためにアリバイを作ってやり、その見返りの報酬を受け取りに、彼に会いに行ったのかも知れませんね」

「それで、広田が、口封じに殺したか」

十津川は、飛躍したいい方をした。

「それは、調べませんとわかりませんが」

と、亀井は、慎重ないい方をした。

「昨日から今日にかけての、広田の行動を調べてみるか」

と、十津川はいった。

彼は、すぐ、捜査本部に電話をかけ、西本と日下の二人の刑事に、広田の行動を洗うように指示した。

その間、部屋の机を調べていた亀井が、十津川に向って、

「メモが、ありました」

と、いった。

銀行のマークの入ったメモ用紙である。それには、次の文字が、走り書きしてあった。

〈広田実　TEL　03－3338－××××〉

十津川は、念のために、部屋の電話を使って、このナンバーにかけてみた。

留守番電話の声が、返って来た。

――こちらは、広田実です。只今《ただいま》、留守にしておりますので、信号音が鳴りましたら、用件を――

間違いなく、あの広田の声である。

「やはり、広田が、この石渡に、嘘の証言をさせたんでしょうか？」

亀井が、じっと、十津川を見た。

「もし、そうだとすると、石渡が危いな」

と、十津川はいった。

石渡が、広田に頼まれて嘘をつき、その報酬に大金を要求したとすれば、相手は危険を感じて、石渡に金を渡すかわりに、殺した可能性が強くなってくるのだ。

「広田に、会いに行こうじゃないか」

と、十津川は、亀井を誘った。

二人は、パトカーで、高見沢商事の持っている三店のスーパーを廻ってみた。

どの店でも、看板のかけかえが行われていた。会社の名前が、広田商事にかわっているのだ。

だが、肝心の広田の姿は、どの店にもなかった。四店目のスーパーを作るために、ひとりで、用地買収に、車で走り廻っているというのである。

十津川は、三店目の店で、広田の車に連絡をとってもらうことにした。

自動車電話がつながって、一時間後の午後二時に、池袋で会うことになった。

十津川たちが先に着き、ホテル内の喫茶ルームで待っていると、広田が、車でやって来た。

「今日は、朝から、埼玉県内を廻っていましてね」

と、広田は、十津川たちに向って、ハンカチで汗を拭きながら、いった。

「お忙しいようですね」

「高見沢社長が亡くなってから、仕事が停滞していましたのでね。何とか、事業を活性化したいと、走り廻っているわけです」

「それで、社名もかえたわけですか？」

と、亀井がきいた。

「まあ、そんなところです。どんどん、新しくしていかないと、この業界では生き残れませんのでね」

「石渡亘という男を、ご存知ですか？」

と、十津川が、急に話を変えた。

「イシワタ――？　どういう人ですか？」

広田は、きき返した。が、知っていて、とぼけている感じでもあった。

「あなたのアリバイを証言したガソリンスタンドの人間です。西船橋の」

「ああ」

と、広田は、初めて思い出したという顔で、

「思い出しました。私のために正直に証言してくれた人ですね。今度、お会いして、お礼をと思っていますが、今、会ったりすると、失礼だが、警察に疑われるのではないかと思って、ためらっているんですよ」

「石渡さんに、自宅の電話番号を教えましたか?」

と、亀井がきいた。

「いや。第一、今もいったように、会ってもいないんですよ。ガソリンを入れたときは、確かに顔を合わしてはいますが、そのときは、名前も知らなかったわけです」

「しかし、石渡さんのメモに、あなたの自宅の電話番号が書いてありましたがね」

と、亀井がいった。

「それは、多分、電話帳で調べたんじゃありませんか? ちゃんとのっていますから」

と、広田はいう。

「彼は、西船橋ですよ」

「東京に来たとき、電話帳を見たんでしょう」

「彼から、電話はありませんでしたか?」

「いや、ありませんでしたね」

「もし、あったら、どうしました?」

と、亀井が、意地悪くきいた。

「そりゃあ、お礼をいったと思いますよ。そうですねえ。夕食ぐらい、一緒にしたんじゃありませんかね」

「石渡さんの友人の話ですが、彼が、近く大金が手に入るといっていたそうなんです。どうも、あなたから、アリバイ証言の謝礼をもらおうとしていたようなんですよ。本当に、礼金を払われたことはありませんか？」

と、十津川はきいてみた。

広田は、強く首を横に振って、

「全くありませんよ。今もいったように、そんなことをすれば、痛くない腹を探られますからね」

と、いった。

「今日は、埼玉を廻られたんでしたね？」

「そうです」

「昨日は、どこを廻られたんですか？」

「昨日も、埼玉県内を走り廻っていましたよ。東京都内には、もう、広い土地はないし、千葉県内は、もう調べましたのでね」

と、広田はいう。

亀井が、そっと立ち上り、喫茶ルームを出て行った。が、五、六分して、戻ってくると、十津川の耳元に口を寄せて、

「石渡亘が、死体で見つかりました」

と、いった。

3

十津川は、立ち上って、喫茶ルームの隅に、亀井を連れて行った。

「本当なのか？」

「間違いないと思います。運転免許証に、石渡亘とあり、写真と一致したそうです」

「場所は？」

「千葉県内、君津《きみつ》の近くの山林だということです。今、西本と日下の二人が、急行しています」

「埼玉じゃないのか？」

と、十津川は、ちらりと広田に眼をやった。

広田は、眉を寄せて、こちらを見ている。

十津川は、亀井と、元のテーブルに戻ると、広田に向って、

「昨日と今日は、本当に、埼玉県内だけを廻られたんですか？」

と、きいた。

広田は、むっとした顔で、

「こんなことで、嘘はつきませんよ」

「千葉の君津は、知っていますか？」

「ええ。製鉄所のあるところでしょう。知っていますよ」

と、広田は肯く。

「行ったことは、ありますか？」

「ありますが、君津が、どうかしたんですか？」

「石渡亘が、君津近くの山林で、死体で見つかったんです」

十津川がいうと、広田は、顔をしかめて、

「それが、私と、どういう関係があるんですか？」

「何といっても、あなたのアリバイを証言した人物ですからね」

十津川がいうと、広田は、急に顔を曇らせて、

「なるほど。私のことを快《こころよ》く思っていない人間が、私のことを犯人に仕立てあげようとして、善意の証人を殺したということですか」

と、いった。

（そういう考え方もあるのか）

と、十津川は苦笑しながら、

「それは、誰だと思いますか？」

「決っているじゃありませんか。中井美矢子ですよ。彼女と、その取り巻きといってもい

い」

と、広田は、口をゆがめていった。

「取り巻き？」

「そうですよ。きっと、男がいて、そいつと一緒になって、私を罠《わな》にかけ、高見沢家の遺産を手に入れようとしているんですよ。遺言状で、自分が、わずかしか、遺産が手に入らなかったので、私を恨《うら》んでいるんですよ」

「それで、あなたに有利な証人を消したというんですか？」

「そうですよ。他に考えようがないでしょう。私が、自分に有利な証人を殺すはずがないでしょう？」

と、広田はいった。

「しかし、あなたが、頼んで嘘の証言をさせていたとすると、話は変って来ますねえ」

亀井が、皮肉な眼つきで、じっと広田を見ていった。

「私が、頼んだ？」

と、広田は眼をむいて、

「何のために、私が、その人を殺さなきゃならんのですか？　私を守ってくれる大事な人なのに」

「すると、この人に、ゆすられたことはないというわけですね？」

「ありませんよ」

「わかりました」

と、十津川は肯いた。が、もちろん、広田の言葉を信じたわけではなかった。

十津川と亀井は、ホテルを出てパトカーに戻ると、死体の発見された君津に向った。

国道16号線を、東京湾沿いに南下して、千葉、木更津《きさらづ》を過ぎて、君津に着いた。

先に来ていた西本刑事たちが、十津川と亀井を、現場である山林に案内した。

死体は、すでに運び去られている。

「間違いなく、石渡亘でした。運転免許証で確認しました」

と、西本がいった。

「死因は何だったんだ？」

十津川が、きいた。

「後頭部に裂傷があり、のどに索痕《さくこん》がありましたから、背後から殴っておいて、首を締めたのだと思います。千葉県警では、すぐ、解剖に廻すといっていました」

「犯人の遺留品は見つかったのかね？」

「今のところ、何も見つかっていません」

「そうか」

十津川は、改めて、周囲を見廻した。もう、山林の中は、うす暗くなり始めていた。

「争った跡は、ないみたいですね」

と、亀井がいった。

「他の場所で殺された可能性が強いよ」

と、十津川がいうと、日下刑事が、

「県警も、同じ見方です」

と、いった。

十津川と亀井は、千葉市内に戻り、県警本部にあいさつしてから、大学病院に廻った。

丁度、遺体の解剖が終ったところだった。

県警の五十嵐《いがらし》という警部が、解剖結果を教えてくれた。

「死因は、窒息死ですが、後頭部を殴られ、気を失ったところを、絞殺されたのだと思います」

「死亡推定時刻は？」

と、十津川がきいた。

「昨七月二十四日の午後九時から十時の間です」

と、五十嵐はいってから、

「財布は失くなっていましたが、腕時計などは、そのままでしたし、運転免許証も、ポケットに入っていました」

「物盗りの犯行に、見せかけたということですか？」

「私は、そう見ています」

「殺してから、あの現場に運んだということは、どうですか？」

十津川がきくと、五十嵐も肯いて、

「その可能性は、大いにありますね。十津川さんも、ごらんになったと思いますが、現場に争った跡がありませんし、被害者の上衣《うわぎ》に、あの山林にない草が、附着していましたのでね」

「あの山林は、私有地ですか？」

「そうですが、別に柵があるわけじゃないので、子供が昆虫を採《と》りに入ったりしています。今回の発見者も、あの近所の子供たちなんですよ」

と、五十嵐はいった。

「国道からも近いですね」

「そうです。犯人は、車で死体を運んで来て、あそこへ捨てたんじゃないかと考えているところです」

「現金は、全く、持っていなかったんですね？」

「財布が失くなっていて、ポケットには、百円玉二枚と、十円玉五枚が、入っていただけです」

「所持品を見せてもらえませんか」

と、十津川はいった。

殺された石渡の所持品は、五十嵐のいったように、財布は無く、腕時計、運転免許証、キーホルダー、ボールペンといったものだったが、その中に、印鑑が入っていた。

「石渡」の印鑑である。

「それは、私も、妙なものを持っているなと思いましたよ」

と、五十嵐がいった。

「そうですね。普通は持ち歩きませんからね。銀行へおろしに行くんでも、今はカードですから」

と、十津川はいった。

そのCDカードは、見当らなかった。

「受け取りに必要だと思って、持っていたんじゃありませんか?」

亀井が、横から、十津川にいった。

「例の大金のことかね?」

「そうです。アリバイ証言のお礼の金です」

「しかし、そんな礼金に、受け取りを出すかね?」

「広田が、要求したのかも知れませんよ。二度と、ゆすられないために」

「しかし、それなら、広田が、石渡を殺すことはなかったんじゃないかね？」

「広田は、例えば、百万円ですまそうとしたが、石渡の方が、五百万、一千万と吹っかけた。それで、広田は、カッとして、殺してしまったとも考えられます」

　と、亀井はいう。

「なるほどね」

　と、十津川は肯いた。だが、印鑑を持っていたことがわかっても、それが、直《ただ》ちに広田に結びつかないのだ。

「彼は、昨日と今日は、ずっと埼玉県内を車で走り廻っていたといっている。千葉は、前に、もう調べたからとね」

　十津川がいうと、亀井は、

「あの男の話は、信じられませんよ。千葉の君津に死体を捨てたので、殊更《ことさら》、埼玉にいっていたんじゃないですかね」

「かも知れないね」

「あの現場ですが、広田は、前に、あの近くに来たことがあるんじゃないかと思うんです」

「土地カンありか」

「そうです」

「調べてみよう」

と、十津川はいった。

4

夜になっていたが、十津川と亀井は、君津に戻り、市内の不動産屋を、片っ端から当ってみた。

亀井の勘が当っていたとみえて、五店目で、反応があった。

「七月十三日に、その人と思われる男の人が見えましたよ」

と、その不動産屋の主人はいった。

「用件は何でした?」

「国道沿いに、三百坪の土地が売りに出されていましてね、その売却を、うちが頼まれているので、あのお客も、うちへ来られたんですよ」

「広田と名乗りましたか?」

「名刺をもらいましたよ」

と、店の主人はいい、机の引出しから、その名刺を取り出して、見せてくれた。

間違いなく、広田の名刺である。

「彼は、その土地を買うといったんですか?」

と、十津川はきいた。

「なんでも、スーパーを、あそこで、やりたいといわれていましたね。うちが値段をいい、この広田さんは、しばらく考えるといって、帰られたんです」

と、相手はいった。

十津川と亀井は、満足して、パトカーに戻った。

広田が、君津周辺に土地カンがあったとわかっただけでも、収穫だったからである。

それを土台にして、この日の夜おそく、新宿署で、改めて、捜査会議が持たれた。

この会議での要点は、二つあった。

一つは、高見沢夫婦の死を、無理心中と見るか、殺人と見るかということだった。殺人だろうという推理はしていたが、証拠はないし、神奈川県警では、今でも、無理心中と考えていたからである。

もう一つは、一連の事件の犯人を、広田と断定していいかどうか、ということだった。

この二つをまとめた形で、本多《ほんだ》捜査一課長が、まず、次のように説明した。

「高見沢夫婦については、無理心中に見せかけた殺人と考えます。とすれば、犯人は、広田以外にはいないと思います。なぜなら、高見沢夫婦に、和解のための富士、箱根旅行をすすめたのは、広田だからです。広田は、夫婦が、どう行動するかを知っていて、殺すことが可能だったと思います。七月五日に、まず、広田は、仙石原で、高見沢冴子を殺し、翌六日、小田急線の車内で、高見沢を毒殺したわけです。動機は、もちろん、高見沢家の財産と、会社の実権を手にすることです。しかし、高見沢夫婦を殺しただけでは、全財産を手に入れることは出来ません。高見沢冴子の両親と、妹、中井美矢子が、いるからです。しかも、美矢子は、姉夫婦の死が、無理心中ではなく、広田が殺したに違いないと考え、弁護士事務所で働く小山啓介の助けを借りて、事件を調べ始めました。そこで、広田は、七月十一日に、仙石原で、美矢子と小山啓介を襲い、小山を殺害、美矢子にも重傷を負わせました。この件については、アリバイが成立したかに見えたのですが、今回、そのアリバイ証人が殺されたことで、広田の疑惑は深まっています」

「七月十一日についても、広田が犯人とすれば、彼は、この日、仙石原に行っているわけだね。その方の捜査は、どうなっているんだ？」

と、三上部長がきいた。

「今日、もう一度、神奈川県警に連絡して、仙石原周辺の聞き込みをやってもらうことにしました。広田が、十一日に行っていれば、必ず、目撃されているはずです」

「高見沢夫婦の件だが、広田は、どうやって殺したと、思うのかね？」

「それについては、十津川君が説明します」

と、本多はいった。

十津川が、代って、

「課長がいわれたように、高見沢は、広田に相談して、この旅行に出かけたと思われます。高見沢は、旅行中、二回、どこかに電話していますが、この相手は、広田と考えるのが妥当《だとう》でしょう。従って、広田は、夫婦が、七月四日に、芦ノ湖の湖尻にあるHホテルに泊ったことも、翌日、仙石原へ行くことも、知っていたわけです。更に、この旅行で、夫婦の間が修復されず、更に悪くなっていたことも、知っていたわけです。そこで、広田は、五日の午前十一時頃、仙石原で高見沢夫婦を待っていたと思います。丈《たけ》の高い草が一面に生《は》えていますから、隠れるには絶好です。やがて、高見沢夫婦がやって来て、予期した通り口論となり、夫の高見沢は、カッとして先に帰ってしまい、妻の冴子だけが残りました。広田は、そこで、彼女に近づき、殺してしまったわけです。殺すのは、楽だったと思います。冴子は、広田に対して、警戒心を持たなかったはずだからです」

「高見沢殺しの方は、どうだね？　こちらは、何といっても、他の乗客のいる車内で、毒殺されたんだ。どうやって、毒殺したと思うのかね？」

と、三上がきく。

「高見沢は、恐らく、妻の冴子が、仙石原で殺されたのも知らずに、七月五日に、東京へ帰ってしまったと思います。しかし、夜になっても、彼女が戻って来ない。心配になって、広田に相談したのではないでしょうか。広田は、何くわぬ顔で、明日、もう一度、箱根へ行ってみたらと、すすめたと思います。高見沢は、その言葉に従って、箱根に戻ったが、妻は見つからない。そこで、また、広田に電話をする。そこで、広田は、最後に『はこね』で帰って来るように、すすめます。その車内で毒殺することを考えてです。広田は、『はこね』の車内で、コーヒーを注文したときに出る砂糖のパックを、前もって用意しておき、その中に、青酸を混ぜておきました。それが殺人のための用意です。もう一つ、便箋も用意していったはずです。広田は、箱根湯本で、高見沢と落ち合い、『はこね22号』に乗りました」

「高見沢は、怪しまなかったのだろうか？」

「社長のことが心配だから来たんだと、広田がいえば、怪しまなかったと思いますね。車内に入ると、広田は、二人分のコーヒーを注文します」

「そして、コーヒー、ミルクと一緒に、青酸を混入した砂糖のパックを、高見沢に渡したわけだね？」

「そうです。その時、広田は、便箋に、高見沢の指紋をつけました。その方法は、先日、申しあげたように、何か便箋に書いて、高見沢に渡したんだと思います。その中に、白紙の一枚を入れておけば、それに高見沢の指紋がつきます」

「その白紙に、広田が、高見沢の遺書を書いたということだったね？」

「そうです。車内で書けば、ふるえて、筆跡がかくせますからね。高見沢は、広田の予想した通り、青酸の混入した砂糖を入れて、コーヒーを飲み、死にました。そこで、広田は、まず、砂糖パックを拾い取り、代りに、青酸の粉末のついた薬包紙を丸めて、高見沢のポケットに入れ、作られた遺書も、ポケットに入れておいたわけです」

「広田は、ずっと、乗っていたと思うかね？」

「いいえ。そんな危険なことは、しなかったと思います。広田は、箱根湯本から高見沢と一緒に乗り、殺しておいて、小田原で降りたと思います。小田原からは、恐らく、新幹線で東京に戻り、何くわぬ顔をしていたと思います」

「仙石原で、高見沢冴子の死体が発見されたとき、傍に夫のライターが落ちていたんだが、これも、広田の細工と思うかね？」

と、三上がきいた。

「そう思います」

と、十津川は肯いた。

「七月五日と、六日のアリバイについて、広田は、どういっているんだったかね？」

「広田は、終始、これは、高見沢夫婦の無理心中だと主張しています。アリバイについては、二日とも、朝から車で、第四の店の用地を探し廻っていたといっていますが」

「だが、証拠はなしか――？」

「ひとりで、走り廻ったといっていますからね」

「あいまいなアリバイだね」

「そうです」

「広田を、逮捕するかね？」

と、三上がきいた。

「もう少し、待った方がいいと思います」

と、十津川はいった。

「何を待つのかね？」

「七月五日、六日、そして、十一日に、広田を、殺人現場近くで見たという証人が、出るのを待ちたいと思うのです。広田が犯人なら、必ず、目撃者が見つかると信じています」

と、十津川はいった。

5

十津川は、期待していた。広田が犯人なら、彼は、七月五日に、仙石原にいたはずであり、六日には、「はこね22号」に乗っていたはずであり、そして、十一日には、また、仙石原にいたに違いないからである。

もちろん、広田は、慎重に行動しただろう。誰にも見られないように動き、殺人を犯したに違いない。

だが、誰かが、広田を見たはずなのだ。透明人間でない限り、全く人に見られずに、行動は出来ない。

十津川の予想は、適中した。

二日後に、神奈川県警の中込警部から連絡があって、七月十一日に、広田を、仙石原近くで見たという目撃者が、見つかったという。

仙石原近くのレストランの主人で、十一日の午後、友人が大阪から遊びに来ていて、仙石原に、一緒に散策に出かけた。時刻は、午後五時半頃である。

その時、挙動のおかしい男がいた。背の高い中年男で、サングラスをかけ、しきりに周囲を気にしていたという。

眼が合うと、男は、あわてて、顔をそむけ、姿を消した。

その男が、広田に、そっくりだという証言だった。

友人の方は、更に、その男が、道にとめてある車に乗ったようだと、証言した。車は、国産車で、スカイラインGT。色は、白、東京ナンバーだった。

広田が、ブルーメタリックのジャガーの他に、国産のスカイラインを持っているのを、十津川は、確めた。

「広田を逮捕しましょう」

と、十津川は、三上部長にいった。

広田が逮捕されたのは、七月二十八日である。

　広田は、すぐ、弁護士を呼んでもらいたいと、十津川にいったあと、

「あいつが、あることないこと、いったんじゃないんですか？」

　と、口をゆがめて、いった。

「あいつ？」

「中井美矢子ですよ。あの女は、私を憎んで、何とかして、私を殺人犯に仕立てあげようとしているんだ」

「彼女は、関係ないよ」

　と、十津川は苦笑して、

「君は、七月十一日、仙石原へ行っているね？」

「十一日ですか？」

「仙石原で、中井美矢子と小山啓介が襲われ、小山が、死亡した日だよ。君は、夕方の午後五時半頃、仙石原にいたね？」

「とんでもない。第一、この日、私は、西船橋で給油しているんです。それは、証人がいるじゃありませんか」

　と、広田は、文句をいった。

「それなのに、君を、仙石原で見たという目撃者がいるんだよ。それも、二人だ。その中の一人は、君が、車に乗って消えるのも見ていて、車の車種や、ナンバーも覚えているんだ

よ」

「わかりませんね。その時、私は、千葉にいたんですから」

と、広田は、まだ、いう。

「それなら、この二人に、会ってもらうことになるよ」

亀井が、脅《おど》かすようにいった。

広田は、黙ってしまった。が、眼は、せわしなく動いていた。

(計算しているな)

と、十津川は思った。

どこまで話したらいいか、計算しているに違いない。

亀井も、同じことを感じたとみえて、わざと何もきかずに、じっと広田を見つめた。

広田は、しきりに眼をしばたたいていたが、

「わかりました」

と、溜息まじりにいった。

「何が、わかったんだね?」

亀井が、厳しい眼で、きいた。

「正直に話した方がいいとわかりました」

「じゃあ、高見沢夫婦を殺し、小山啓介と中井美矢子の二人を襲ったことも、認めるんだ

ね？」

「とんでもありません」

広田は、大きく、手を振った。

「じゃあ、何を認めるんだ？」

「十一日に、仙石原へ行ったことは認めます。しかし、私は、小山啓介という男を殺したり、中井美矢子を刺したりはしていませんよ」

「それなら、何しに行ったんだね？」

「呼び出されたんですよ。十一日の朝、男の声で、電話があったんです。仙石原で、高見沢冴子を殺したのは、お前だ。その証拠として、お前の服のボタンを、仙石原に捨てておく。午後五時から六時の間に、仙石原へ来い。さもないと、警察に知らせて、お前を犯人にしてやるというんです。あわてて、洋服ダンスを調べたら、イギリスで作ったブレザーのボタンが、一つ、失くなっているんですよ。ジャガーマークのボタンです。みんなに自慢していたブレザーですから、あのボタンが殺人現場に落ちていたら、間違いなく、犯人にされてしまう。それで、指定された時間に、仙石原に行ったんですよ。そして、ボタンを探したんですが、見つかりませんでした」

「すると、やはり、西船橋のガソリンスタンドの人間に、偽証させたんだな？」

と、亀井が、広田を睨んだ。

広田は、小さく、首を横に振って、

「違いますよ」

「どう違うんだ?」

「こうなれば、全て話しますが、十一日に、仙石原へ行くとき、考えたんです。もし、仙石原で、うろうろしているところを見られたら、まずいことになる。それに、これは罠かも知れないんです。それで、社員の中から、私に、顔立ちや体格の似ている男を選びましてね。私のジャガーで、千葉県内を走り廻らせておくことにしたんです。用地探しで、私が走り廻っていたように、見せかけるためです。あの西船橋のガソリンスタンドにも、寄ったと思います。それで、スタンドの人間が、ニセモノを、私と間違えて、証言してくれたんだと思っていました。だから、そのままにしていたんですよ」

「じゃあ、殺した覚えもないというのかね?」

「もちろんです」

「君が、ニセモノに仕立てた社員の名前は、何というのかね?」

と、十津川がきいた。

「三鷹《みたか》店の、皆川《みながわ》という男です。聞いてもらえば、わかりますよ」

「皆川だね」

と、念を押しておき、十津川は、西本刑事に、調べてくるようにいった。

十津川が取調室に戻ると、亀井が、

「五日と、六日は、どうなんだ？」

と、相変らず厳しい声で、広田にきいていた。

6

「六日は、ちゃんと東京にいましたよ。そうだ。社長が、『はこね22号』で帰って来るというので、新宿駅まで、迎えに行っていましたよ。嘘じゃありません」

と、広田がいった。

「すると、旅先で、高見沢が電話していた相手は、君なんだな？」

と、十津川はきいた。

「ええ。二度、電話をもらいましたよ。うまくいかなかったと、いっていました。しかし、まさか、奥さんを殺して、自殺するとは、思いませんでしたね。あそこまで、追いつめられていたとはね」

「まだ、無理心中だと、いい張るのかね？」

亀井が、また、睨んだ。

広田は、首をすくめるようにして、

「他に、どう考えるんですか？」

「君が、殺したんだよ。無理心中に見せかけてだ」

と、十津川はいった。

「冗談じゃない。私は、誰も殺していませんよ。今いったように、新宿駅に迎えに行ってるんです。あんなことになって、疑われるのが嫌で、あわてて、自宅に帰りましたが」

「それを証明できるのかね？」

「証明といっても――」

と、広田は、考え込んでいたが、急に眼を輝かせて、

「ああ、新宿駅で、藤井《ふじい》君と一緒になりましたよ」

「藤井？」

「会社の人間です。今も、いますよ。社長の秘書をしていた男です。彼も、迎えに来ていたんです」

「それも調べてみよう」

と、十津川はいってから、

「五日は、どうなんだ？　仙石原へ行って、高見沢冴子を、殺したんじゃないのかね？」

「五日は、車で走り廻っていましたよ。証人は、いませんがね。仕事をやっていたんです」

広田は、むきになって、いった。

「立ち寄ったガソリンスタンドとか、出会った人間は覚えているかね？」

「あの日は、一度も、ガソリンスタンドには寄らなかったし、人にも、会っていませんよ。ただ、写真は撮りましたよ。これと思った土地についてはね」

「その写真は？」

「スクラップして、会社に置いてありますよ。あれを見てくれれば、わかりますよ」

と、広田はいった。

十津川は、日下刑事に、そのスクラップブックを探してくるようにいっておいて、亀井と二人、広田のいった藤井に、会いに出かけた。

藤井は、三十八歳で、亡くなった高見沢の秘書だった男である。

今は、広田の秘書をしている。

「六日のことなら、覚えていますよ。六日の昼過ぎに、高見沢社長から電話がありましてね。『はこね22号』で東京に帰るといわれたんです。迎えに来なくていいといわれたんですが、新宿駅に行きました。そこで、広田さんと会いました。一緒に待っていたんですが、あんなことになってしまって――」

と、藤井は、溜息をついた。

「高見沢社長から電話があったとき、声の調子は、どんなでしたか？」

と、亀井がきいた。

「その時は、別に何も考えませんでしたが、あとで、そういえば、元気がなかったなとは思いましたが」

「あなたは、社長が、富士、箱根へ行っていたことは、知っていたんですか？」

「いや、旅行に行くというのは聞いていましたが、場所は、知りませんでした」

と、藤井はいった。

「広田という人を、どう思います？」

と、十津川はきいた。

「立派な人だと思います。逮捕されたんで、びっくりしているんです」

藤井は、本当に驚いている顔だった。

「小田急新宿駅で、六日に会ったときですが、正確な時間を覚えていますか？」

「電車が着く五、六分前だったと思いますよ」

「あなたの方から、声をかけたんですか？」

「いえ。広田さんの方から、声をかけて来たんです。なんだ、君も社長を迎えに来たのかといってです」

「その時の彼の様子は、どうでした？」

と、亀井がきいた。

「そうですねえ。普通でしたよ。ばくぜんとしたいい方になりますが」

「車内で、あんな事件があったと知って、彼は、逃げ出したんですね？」

と、十津川がきいた。

「そうです。痛くもない腹を探られたくないと、おっしゃっていました」

と、藤井はいった。

十津川と亀井が捜査本部に戻ると、西本刑事が、先に帰っていて、

「皆川という社員に、会って来ました」

と、報告した。

「広田に、よく似ていたかね？」

亀井が、楽しそうにきいた。

「かなり、似ていました。年齢は、この男の方が若いです」

「それで、十一日の件は、認めたかね？」

「はい。広田に頼まれ、彼のジャガーに乗って、千葉県内を、一日中、走り廻ったそうです」

「西船橋のガソリンスタンドには、実際に寄ったのかね？」

「それが、あのガソリンスタンドかどうか覚えてはいないといっていました。ただ、一度、途中で給油はしたといっています」

「そのことは、当然、広田に報告しているんだろうね？」

っていたんですよ」

「したそうです。だから、広田は、千葉県内を廻り、千葉市の近くで、給油したみたいにいっていたんですよ」

「殺された石渡亘のことは、全く、覚えてなかったかね？」

と、亀井がきいた。

「覚えてないと、いっていました。似ているといっても、違いはある顔ですから、給油中、他の人間と顔を合わせないようにしていたので、覚えてないというんです」

「それなら、なぜ、石渡亘という男が出て来たんだろう？」

「恐らく、広田が、あとから、石渡という証人を作ったんじゃありませんか？　もちろん、金の力でです」

と、西本がいった。

「金の力でか」

「給油係にしてみれば、いい小遣稼《こづかいかせ》ぎと思って、引き受けたんだと思いますね。まあ、せいぜい、十万か、二十万の金で、引き受けたんじゃありませんか」

「ところが、そのあとで、欲が出て、大金を要求した。広田の方は、狼狽《ろうばい》し、口封じに殺して、君津近くの山林に、死体を捨てたというわけだね」

「それで、筋は通りますよ」

と、亀井はいった。

これで、いよいよ、広田が犯人だという可能性が、強くなって来た。

「次は、六日のアリバイだな」

と、十津川は、亀井にいった。

六日に、広田は、「はこね22号」で帰る高見沢を、小田急新宿駅に迎えに行ったと主張している。

これには、高見沢の秘書だった藤井の証言がある。

新宿駅で、電車の到着する五、六分前に会ったという証言である。十津川と亀井は、この証言を、検討することにした。

「はこね22号」は、一四時一三分に箱根湯本を出発して、一五時四三分に新宿駅に着く。

この五、六分前に、新宿駅で会ったとすると、一五時三七〜三八分には会ったということだろう。

広田が、この電車内で、高見沢を毒殺したのだとすると、箱根湯本で一緒に乗り、途中で降りて、新宿駅に、何くわぬ顔をして、先廻りしたことになる。

「問題は、それが可能かどうかですね」

と、亀井が、時刻表を見ながら、いった。

「はこね22号」の時刻表は、ひどく簡単である。途中、小田原にしか、停車しないからだった。

小田原着は、一四時三二分である。

そのあと、新宿まで、停車しないのだ。

「箱根湯本から、小田原まで、十九分あるね」

「その間に、高見沢を毒殺し、小田原で降り、新宿に先廻りしたと思います」

と、亀井はいった。

一四時三二分に小田原で降り、新幹線に乗ったのか？

時刻表を見ると、一四時三九分小田原発という列車があった。「こだま424号」で、これが東京に着くのは、一五時一六分である。

東京駅から、新宿まで、中央線の快速に乗れば、十四分である。

単純に計算すれば、一五時三〇分に新宿に着けるが、もちろん、乗りかえの時間が、プラスされなければならない。

東京駅での乗りかえに、十分。新宿で、ＪＲの駅から、小田急の駅までに五分。合計十五分と見ると、一五時四五分になる。

「二分、間に合いませんね。いや、八分ですね」

と、亀井がいう。

「東京駅と新宿駅で、走っても、無理かね？」

「可能だと思いますよ。広田は、若いですからね」

「数字的には、可能だということになってくるね」

「念のために、東京駅と新宿駅で、聞き込みをやってみましょう。広田に似た男が、この時刻に走っているのを見た人間が、いるかも知れません」

と、亀井はいった。

すぐ、西本刑事たちが、東京駅と新宿駅に、聞き込みに走った。

その後で、春山弁護士が、やって来た。

第六章　判決下る

1

春山は、明らかに怒っていた。

「これは、明らかに不当逮捕ですぞ」

と、芝居がかって見えるような口ぶりで、十津川に食ってかかった。

「それだけの理由があって、逮捕したんです」

と、十津川はいった。

「これから、部長さんにも抗議するつもりだが、その前に、実際の捜査に当ったあなたの考えを知りたくてね。広田さんが犯人だという証拠は、あるんですか？」

と、春山は詰め寄った。

「なければ、逮捕はしませんよ」

十津川は、苦笑した。

「その証拠は？」

「それは、公判で、検察が提示すると思いますが、今、いえるのは、広田が、嘘ばかりついていたということです。その嘘が、どんどん、崩れていっているんですよ。七月十一日についていえば、最初は、仙石原に行っていないと主張していたのに、あれは嘘だった、仙石原に、犯行時刻、行っていたと、いい直しているんですよ。しかも、自分によく似た社員に、その時刻、自分の車、ジャガーに乗って、千葉県を走り廻るように命じておいたことも、わかったんです」

「七月十一日というと、中井美矢子と、小山啓介が、襲われた日ですね。この件だけで、逮捕されたんですか？」

「いや、高見沢夫婦を、無理心中に見せかけて殺した件についてもです」

「しかし、七月五日と、六日については、ちゃんとしたアリバイがあるといっていましたよ」

「広田のアリバイについては、もう、崩れていますよ」

と、十津川はいった。

その説明をしている間に、西本たちが、帰って来た。

彼等が、春山弁護士を見て、ためらっているのへ、十津川は、

「構わんよ。話したまえ」

と、いった。

「新宿駅の乗りかえについての目撃者は、いませんでしたが、東京駅では、見つかりました」

と、西本が、代表する形で、十津川に報告した。

「詳しく、話してくれ」

「十九番ホームで、駅弁を売っている友田《ともだ》良子《りようこ》という従業員ですが、『こだま424号』が到着したとき、降りて来た男の乗客とぶつかって、運んでいた駅弁を、ホームに落してしまったというのです」

「それが、広田だったというわけかね？」

「彼の写真を見せたところ、サングラスをかけていたがよく似ていたそうです。その男は、彼女に向って、いきなり、一万円札を押しつけ、『急いでいるんだ』と叫んで、階段の方へ走って行ったというのです」

「七月六日に、間違いないんだね？」

「間違いないといっています。同僚も、これを見ていて、広田によく似ていたと、証言しました」

「ありがとう」

と、十津川はいい、改めて、春山弁護士に眼をやった。

春山は、いくらか青ざめた顔で、

「今の報告は、どんな意味を持っているんですか？」

と、十津川にきいた。

十津川は、新幹線利用のトリックについて、説明した。

「どうやら、われわれの推理が当っていたようです」

「しかし、あれは、無理心中だったはずですが」

春山は、眉を寄せて、いった。声に、さっきまでの勢いがなくなっていた。

「春山さんは、高見沢さんとも、親しかったんでしょう？」

と、十津川はきいた。

「ええ。もちろん」

「無理心中するような人でしたか？」

「いや。そんな無茶なことはしない人ですが」

「それなら、誰かが、殺したんです。それに、殺して、一番、利益を得るのは、広田じゃありませんか？」

「それは、そうですが、まさか、広田さんが――」

「彼が、シロなら、なぜ、こんな風に、嘘ばかりついているんですかね」

と、亀井も、横からいった。

春山は、黙り込んでしまい、しばらく考えていたが、急に、黙ったまま、部屋を出て行った。

「だいぶ、悩み始めたようですね」

と、亀井がいった。

「ただの悩み方じゃないいな」

十津川は、呟くようにいい、窓を開けて、通りに眼をやった。

春山が、建物から出て、待たせておいた車に乗り込むのが見えた。

亀井が、傍へ来て、一緒に見下しながら、

「あの弁護士が、何か知っているということですか？」

「彼は、広田の傍にいたんだ。ひょっとすると、広田が犯人であることを、前から知っていたのかも知れない。或いは、そうでなくても、広田に不利な何かをつかんでいて、われわれが、ここまで調べたので、あわてたんじゃないかな」

と、十津川はいった。

翌日、春山は、姿を見せなかった。

逮捕されている広田が、春山弁護士を呼んでくれといい、十津川が電話をかけてみたが、事務所の返事は、留守だというものだった。

自宅にも、帰っていない。

「どうやら、あの弁護士は、あなたを見捨てたらしいよ」

と、十津川は、広田にいった。

「そんなはずはない」

広田は、顔色を変え、むきになって否定した。

十津川は、苦笑して、

「電話しても、居留守を使っているとしか思えないんだよ。あれでは、弁護を引き受けるとは思えないね、他の弁護士を頼んだ方がいいんじゃないかな」

「彼は私のことを、信用してくれているんだ。それ相応の金も払っている。この大事なときに、助けてくれないはずがないんだ。本当に、電話してくれたんですか？」

「それなら、あなたが、直接、電話してみなさい」

と、十津川はいい、電話機を引っ張って来て、広田の前に置いてやった。

彼は、しきりにプッシュボタンを押し、相手が出ると、

「春山先生を」

と、頼み、次には怒り出して、

「なぜ、いないんだ？　私は、広田だよ。この大事なときに、なぜ、来てくれないんだ！」

と、大声を出した。

「やはり、いないだろう？」

十津川が声をかけると、広田は、興奮した様子で、

「あと、一時間したら、もう一度、かけさせて下さい」

と、いった。

一時間後に、また、広田は電話したが、結果は、同じだった。

2

その春山から、十津川に電話が入ったのは、次の日の午後だった。

「料亭香月に来て頂けませんか。ぜひ、お話したいことがあるんです」

と、春山は、妙に押し殺したような声でいった。

「話なら、こちらへ来てくれませんか。広田も、あなたに弁護を頼みたいといって、連絡を待っていますよ」

「それが、出来ないから、来て頂きたいのです。広田さんのことで、どうしても、打ち明けたいことがあるんです」

と、春山はいう。

十津川は、考えてから、

「亀井刑事も連れて行きたいのですが、構いませんか？」

と、聞き、オーケイをとってから、行きますといった。

赤坂にある香月は、高級料亭である。中に入ると、表通りの喧騒《けんそう》が嘘のように、ひっそりと静かだった。

先に来ていた春山は、十津川たちを見ると、

「わがままをいって、申しわけありません」

と、丁寧に、頭を下げた。

食事をというのを、十津川は、断って、

「私に話したいというのは、どういうことですか？」

と、きいた。

春山は、一瞬の間を置いてから、

「今度、私は、第一線を退くことにしました。今後は、弁護士としての仕事はやめるつもりです」

と、いった。これには、十津川の方が、びっくりして、

「なぜですか？」

「それは、弁護士としての倫理にもとるようなことをしてしまったからですよ」

と、春山はいった。

十津川は、そんな春山を、じっと見ていたが、

「ひょっとして、高見沢さんの遺言状に関することじゃありませんか？」

「なぜ、わかるんですか？」

春山は、眼をむいた。

「あの遺言状は、ちょっと、異常でしたからね。一方的に広田に有利で、奥さんの妹の中井美矢子には、不利でした。奥さんとの仲が悪かったからかなと思ったんですが、高見沢さんは、奥さんとの仲を元に戻そうと、わざわざ、一週間の旅行に出かけているわけですからね。愛していたんだと思うし、それなら、奥さんにも、当然、多くの遺産が与えられるようになっていなければ、おかしいと思ったんです」

「さすがに、よく気付いておられますね。ご推察の通りなんです。参りました」

と、春山はいった。

「すると、遺言状は、他にもあったんですね？」

「そうです。中井美矢子さんが、あの遺言状について、そんな古いもの信用できないといったときは、どきりとしました」

「もう一通は、いつ書いたんですか？」

と、十津川はきいた。

「ご夫婦で旅行に行く直前です。六月三十日の日付でした」

「その遺言状は、今、どこにありますか？」

と、亀井がきいた。

「それが、広田さんが持ち去ってしまっているんです。私が、渡さなければ、良かったんですが」

「すると、今、彼が持っているわけですか？」

「それが、広田さんは、焼き捨てて、去年の三月に作った遺言状が、唯一のものだということにしてくれといわれるんです。別に遺言状があったといっても、焼き捨てられていては、証明のしようがないので、私も、仕方なく、あの遺言状のことしか申しあげなかったんです。弁護士としては、全く、申しわけないことをしたと考えています」

「新しい遺言状の内容は、ご存知ですか？」

と、十津川はきいた。

「もちろん、私が立ち会いましたから、よく知っています」

「どんな内容ですか？」

「奥さんへ、ほとんどを遺《のこ》すという内容のものでした。当然、妹の中井美矢子さんへも、遺産は多くなっています」

「広田への分は、少いわけですね？」

「当然、そうなっています」

「高見沢さんは、なぜ、そんなに内容の違う遺言状を、作ったんでしょう？」

と、十津川はきいた。

「それは、こうだと思いますね。去年の三月頃、夫婦仲は、一番、悪かったと思うんです。私は、二人が、間もなく、離婚すると思っていましたからね。そんな時に作った遺言状だから、奥さんに、冷たい内容になっていたんです。そのあと、高見沢さんは、やはり奥さんを愛していることに気付き、二人だけの旅行を考えたんです。しかし、奥さんは、なかなか、承知しない。それで、ほとんどの財産を、奥さんや、その身内に遺すという遺言状を、新しく作り、それを奥さんに見せたんです。自分の愛情の証拠としてです。奥さんは、それを見て、仲直りのための旅行を承知したんです。これは、高見沢さんが旅行に行く前に、私に話してくれたことです」

「あの旅行は、広田がすすめたというのは、嘘なんですか？」

亀井がきくと、春山は、笑って、

「あれは、高見沢さんが、自分で、決めたことですよ」

「しかし、高見沢さんは、旅先から、時々、広田に電話していますが」

「それは、会社のことを、広田さんに委せていたからですよ」

と、春山はいった。

「なぜ、私たちに、打ち明ける気になられたんですか？」

十津川がきいた。

春山は、小さく、咳払《せきばら》いをしてから、

「私は、遺言状のことで、広田さんに対して不信感を持っていましたが、まさか、高見沢さんや、奥さんを、殺したとは思っていなかったんです。無理心中と思っていました。いや、そう思いたかったといった方が、いいかも知れません。だから、不当逮捕で、警察に抗議に行ったんですが、そこで、広田さんが殺したのかも知れないと、思い始めたんです。どうしていいかわからず、悔《く》やみました。しかし、この際、本当のことを話した方がいいと思い、こうして、来て頂いたわけです」

「本当に、弁護士をやめられるんですか？」

と、亀井がきいた。

「遺言状のことで、嘘をつくというようなことをした以上、やめざるを得ません」

「しかし、焼き捨ててしまったのは、広田でしょう？」

「そうですが、渡してしまったのは、私です。幸い、事務所の方は、息子がやってくれるので、その方の心配はせずに、引退できます。正直に打ち明けて、今、ほっとしていますよ」

と、春山は、笑顔を見せた。

「広田には、何か、伝言がありますか？」

最後に、十津川がきいた。

「そうですね。私は、引退するので、もう、弁護は出来ない。誰か、他の弁護士に頼むように、いって下さい」

と、春山はいった。

3

十津川は、ショックを受けて、料亭を出た。

「これで、広田のクロは、確定しましたね」

と、亀井がいった。

署に戻ると、十津川は、春山の言葉を、そのまま、広田に伝えた。

とたんに、広田は、真っ赤になって、怒り出した。

「畜生!」

と、叫び、

「あいつを殴ってやる!」

と、怒鳴った。

「遺言状のことは、どうなんだ?」

と、十津川はきいた。

広田は、小さく手を振って、

「そんな遺言状なんか、どこにもありませんよ。あの弁護士が、嘘をついてるんです」

「向うは、あなたが、焼き捨ててしまったといっている。焼き捨てて、無かったことにしてくれと、頼んだといっているよ」

「バカな！」

と、広田は、また、大声を出した。

「それに、高見沢夫婦に旅行をすすめたのは、あんたじゃないとも、いっていたよ。高見沢社長が、自分で考えたことだとね」

「それも嘘だ。私は、どうしたら、夫婦仲を、元のように出来るかと相談されたんで、二人だけで、一週間くらい、旅行へ行って来なさいとすすめたんですよ。嘘じゃない」

広田は、声高にいった。

「すすめておいて、殺したのかね？」

「なぜ、私が、殺すんですか？」

「もちろん、高見沢社長の財産を狙ってだよ。それに、中井美矢子も、殺そうとした」

「とんでもない。私は、誰も殺してませんよ」

「しかし、十一日には、千葉を走り廻っていると見せかけて、仙石原へ行っているじゃないかね？」

「あれは、呼び出されたんですよ」

「六日も、あなたは、箱根へ行っているんじゃないのかね？」

「いや、六日は東京にいて、ちゃんと小田急線の新宿駅に、高見沢社長を迎えに行っているんです。藤井秘書が、証人ですよ」

「しかしねえ。新幹線を使えば、『はこね22号』の車内で、高見沢社長を毒殺しておいて、小田原で降り、新宿へ行けるんだよ。だから、アリバイは、全くないんだ」

と、十津川はいった。

「そんなことが出来るかどうか知らないが、私は、六日には東京にいて、新宿駅に迎えに行ったんですよ」

広田は、必死の表情で、いった。

「嘘ばかりついているあなたの言葉は、信じられないね」

と、十津川は、突き放すように、いった。

その日の中《うち》に、広田の起訴が決った。

事件が検察にわたってしまえば、十津川たちの仕事は、あと、公判で、証言するだけである。

捜査本部の解散も、決った。

十津川は、亀井を誘って、新宿署の近くにある中央公園に出かけた。

夕方になっても、昼間の暑さが、残っている。

「何か、すっきりしないものが、おありですか？」

と、並んで歩きながら、亀井がきいた。

「なぜ、そんなことをきくんだ？　カメさん」

「私を、急に、散歩に誘ったりされたからですよ。本来なら、事件の解決を祝って、乾杯するところなのに」

と、亀井が笑う。

「カメさんには、見すかされてしまうねえ」

「何が、心配なんですか？」

「われわれは広田を疑った」

「当然です。高見沢夫婦が死に、中井美矢子が死ねば、一番、トクをするのは、あの男ですから」

「だがね、カメさん。急に、広田に不利な証拠が集まって来たとは、思わないかね？」

と、十津川はいった。

夕暮が迫り、アベックが多くなってきた。それに、へきえきして、二人は、公園を出て、近くの喫茶店に入った。

「さっきのことですが、あれは、われわれが、必死になって、広田の周辺を調べたからじゃありませんか。それに、彼が犯人なら、不利な証拠が集まるのは、当然と思います」

と、亀井はいった。

十津川は、コーヒーを口に運んでから、

「私も、そう思うんだが、そう思いながらも、どこか引っかかってしまうんだよ。アリバイ証人が消される。十一日に、広田が、仙石原へ行っていたことがわかる。六日の彼のアリバイも消え、東京駅で、『こだま424号』から降りてきた広田にぶつかった女が出てくる。そして、最後、決め手みたいに、遺言状がもう一つあって、それを、広田が焼き捨てたことがわかる。まるで、いい合せたようにね」

「それは、気のせいじゃありませんか。うまく行き過ぎたので、ふと、警戒心がわいただけのことですよ」

と、亀井はいった。

「そうならいいんだがね。もし、誰かが、広田を犯人にするために画策《かくさく》していて、われわれが、それにのせられたとすると――」

「誰が、そんなことをするんですか？」

と、亀井がきいた。

十津川は、それには答えず、店の電話で、新宿署にかけ、西本刑事を呼んだ。

西本が、あわてて飛んで来ると、十津川は、

「これから一緒に東京駅へ行ってくれ。君が話を聞いた駅弁売りの女性に、会いたいんだ」

4

三人で、東京駅に着くと、十九番線ホームに、あがって行った。

西本が、十津川と亀井を、ホームの端にある駅弁の売店へ、連れて行った。

そこにいた女の従業員を、十津川に紹介した。

「この人です」

「六日に、この写真の男と、ぶつかったんだったね？」

と、十津川が広田の写真を見せると、相手は、

「サングラスをかけてたんですよ」

「ぶつかった場所は、どこです？」

と、十津川がきくと、女は、売店から出て来た。
五、六メートル離れた場所へ行って、
「幕の内が、足らなくなったので、五つほど運んで、ここまで来たとき、『こだま４２４号』から降りて来た男の人と、ぶつかったんですよ」

「相手は、あわてていて、一万円札を渡して走って行った？」

「ええ。あの一万円札、返さなきゃいけませんか？」

「いや、構いませんよ」

と、いってから、十津川は、ホームを見廻した。

「どうされたんですか？」

と、亀井が声をかけた。

「ここは、ホームの端だよ」

「ええ」

「広田は、なぜ、こんなところで、ぶつかったんだろう？」

「と、いいますと？」

「彼は、一刻も早く、中央線の乗りばまで、行かなければならなかったんだ。それを考えれば、中央口の階段の近くで、列車を降りるはずじゃないのかな。小田原で乗ってから、車内を歩いてね」

「それは、そうですが――」

「ひょっとして、その男は、急いでいるふりをして、誰か、駅員か、ホームで働いている人に、ぶつかることが、目的だったんじゃないかね」

「駅員か、ホームで働いている人ですか」

「他の乗客とぶつかったのでは、どこの誰か、あとになって探しようがないからね。それに、階段近くでは、売店もないし、駅員にもぶつからずに、階段をおりてしまう」

「しかし、なぜ、そんなことをする必要があるんですか？」

と、亀井が、きいた。

「広田が、六日に、『こだま424号』で、東京に降り、あわてて走っていたという証拠を、作っておくためだよ」

と、十津川はいった。

「すると、その男は、広田本人ではなく、広田によく似た男ということになりますね」

亀井が、戸惑《とまど》いながら、いった。

「そうなるね」

「そんな便利な男が、いるでしょうか？」

「一人いるよ」

と、十津川はいった。

亀井が、「あッ」と小さく叫んで、

「広田が、自分の代りにジャガーで、千葉県を走り廻らせた社員ですね。確か、皆川という——」

「そうだよ。その男だ」

「しかし、警部。その男は、十一日には、広田のために身代りを務めています。その男が、六日に、広田に不利なことをするでしょうか？」

と、亀井が、首をかしげた。

「金で頼まれて、やったのかも知れないよ」

「誰にですか？」

「高見沢夫婦が死に、広田が刑務所に入ってしまえば、一番トクをする人間、つまり、中井美矢子だよ」

と、十津川はいった。

「しかし、彼女と、皆川という社員が、どう結びつくんでしょう？」

「わからないがね。広田は、会社の副社長だった。その副社長に、よく似ている社員ということで、皆川という男は、かなり有名だったんじゃないかな。社長夫人の妹ということで、中井美矢子も、皆川のことを知っていた可能性がある。それに、皆川は、若い社員というから、金か地位で釣れば、東京駅の芝居ぐらいは、喜んでやったと思うね」

と、十津川はいった。

「彼に、会ってみますか？」

と、亀井がきいた。

「そうだね」

と、十津川は、ちょっと考えてから、

「今は、よしておこう」

「なぜですか？」

「私たちの相手は、皆川という社員じゃないんだ。彼を使っている人間だ。その人間の犯行を、明らかにしたい。だから、しばらく、様子を見たい」

「と、いいますと？」

「真犯人は、広田が逮捕されたことで、ほっとしていると思う。自然に、正体を明らかにしてくると思うんだよ。皆川が、指示に従って、東京駅で一芝居打ったとすれば、成功したとして、金を手に入れるだろう。そんな動きを、見ていたいんだ」

と、十津川はいった。

「つまり、尻尾《しっぽ》をだすのを待つわけですね」

「ああ、そうだ。だから、警戒させたくないんだよ」

と、十津川はいい、ひとまず、引き揚げることにした。

捜査本部に戻ると、三上部長が待ち構えていて、解散の儀式が始まった。

十津川としても、それに従わざるを得ない。広田は、すでに、検察の手に委されてしまったからである。

翌日から、十津川は、他の事件を手がけながら、中井美矢子と、その周辺の人間を、見張ることになった。

幸い、大事件は、起きていない。

中井美矢子は、完全に、東京に腰を落ちつけた。

広田が、逮捕され、起訴されたことで、高見沢家の莫大な財産は、中井美矢子が、一応、管理することになった。

彼女は、ホテルから、高見沢邸に移った。

高見沢商事は、広田商事に変っていたが、彼が逮捕されてしまったので、元の高見沢商事に戻った。

社長の椅子が空白になったが、中井美矢子は、弁護士を連れて、会社に乗り込み、重役会議を招集するように要請した。同行した弁護士は、引退した春山の息子だった、三十代の若い弁護士である。

すぐ、重役会議が開かれ、中井美矢子が、正式に、社長に就任した。

人事異動も行われたが、十津川の予想したとおり、皆川が、平の社員から、課長に抜擢《ばってき》された。

週刊誌が、早速、中井美矢子のことを、現代のシンデレラとして書き立てた。

美矢子は、しおらしく、グラビアの中で、次のように語っていた。

〈これは、あくまでも、偶然ですわ。そのことを、しっかりと、自分にいい聞かせて、これ

から、やって行こうと思っています〉

また、若い春山誠《まこと》弁護士は、会社の顧問弁護士におさまり、中井美矢子が今や、遺産の相続人であることは間違いないと、発言していた。

「完全に、彼女にしてやられましたね」

と、亀井が、苦笑しながら、いった。

「そうらしいね」

「しかし、小山啓介という弁護士の卵は、彼女にとって、いったい、何だったんですかね？」

「恋人だったとは思わないね。小山の方は、彼女に惚《ほ》れて、何でもする気だったと思う。だから、手帳に、広田を疑わせるようなことを書きつけていたんだ。そして、十一日に、小山は、中井美矢子と仙石原へ行った」

「何のためにでしょう？」

「広田を、犯人に仕立てるためにだろうね。少くとも、小山は、そう思っていたはずだよ。だから、電話をかけて、広田を呼び出したんだ。彼のブレザーのボタンを、仙石原に落しておくといってね」

「それで、どうする気だったんでしょう？」

「わからないが、想像できるのは、こんなことだ。高見沢夫婦を、無理心中に見せかけて殺した広田は、邪魔な中井美矢子も、殺そうとしたということにしないとね。だから、広田が仙石原に来る時刻に合せて、小山が、ナイフで美矢子を刺す。もちろん、軽くだ。美矢子は、助けを求め、刺したのは広田だと警察にいう」

「しかし、小山は殺され、美矢子は、重傷を負いました」

「だから、われわれも、広田の犯行と、思ってしまったんだ。美矢子は、冷酷に計算したんだ。自分が負傷しただけでは、芝居と疑われる。そこで、小山を、いきなり、背後から刺して殺し、次に、自分の太股を刺した。そのナイフは、川に投げ捨て、血だらけで助けを求めたんだよ」

「彼女は、警察に、広田が刺したとはいいませんでしたね。何者かが、突然、襲いかかったと」

「それも、彼女の頭のいいところだよ。はっきりいわなくても、警察が、広田と考えることを計算していたんだ。しかも、連れの小山が死んでいれば、芝居とは考えないと思ったんだろう。それに、春山弁護士の息子に顧問弁護士になってもらうことを、最初から考えていたとすると、弁護士の卵の小山は、あとあと、邪魔になると、計算もしたんだろうね」

と、十津川はいった。

「こうなると、高見沢夫婦を殺したのも、中井美矢子ということになりますね」

亀井がいった。

「もちろんだ」

「しかし、警部。仙石原で殺された高見沢冴子は、美矢子の実の姉ですよ。実の姉を、簡単に殺せるでしょうか？」

「われわれが、常識で考えれば、不可解だよ。信じられない。だが、親子でも、殺し合いがあるんだ。美矢子の方は、地方で地味な生活を送っている。それに反して、姉の冴子の方は、東京で社長夫人として、豊かに華やかに暮らしていた。いつも、それを羨ましいと思っていたに違いない。出来るなら、とって代りたいとね」

「そして、チャンスをつかんだというわけですか？」

「そうだよ。恐らく、姉の冴子は、妹の美矢子に、旅行に出かけることを電話で知らせたんだと思う。われわれは、高見沢が旅先から電話したことに注目したが、妻の冴子だって、電話することはあったはずなんだ。従って、五日に、仙石原へ行くことも、知っていたと思う」

「そこで、出かけて行って、姉を殺したわけですか？」

「そうだ」

「次の六日に、高見沢が、『はこね22号』に乗るのは、どうして知ったんでしょうか？　もう、姉の冴子は死んでいます」

「それについてはわからないが、ともかく、美矢子が犯人とすれば、六日に、『はこね22号』に乗って、高見沢を毒殺したんだ」

「東京駅で、皆川に、広田らしく芝居させておいてですね」

「そうだよ」

「それなら、なぜ、遺書を作って、死んだ高見沢のポケットに入れておいたんでしょうか？　無理心中と思わせるより、自殺と思わせた方が、いいんじゃありませんか？」

と、亀井がきく。

十津川は、肯いて、

「確かに、その通りだよ。ストレートにやった方が、警察はすぐ、殺人事件として捜査を開始したろうからね。だが、彼女は、遺書を用意して、いったん、無理心中に見せかけたんだ」

「なぜでしょうか？」

「その方が、効果的と考えたんだろうね。これは、あくまでも、犯人のやり方なんだ」

と、十津川はいった。

「そういえば、全体に廻りくどい方法をとっていますね」

と、亀井は肯いて、

「石渡というガソリンスタンドの男に、広田に有利な証言をさせておいて殺したり、遺言状

について も、まず、広田に有利なものを公表しておいて、実は、もう一通あったとなる。ストレートじゃありません」

「その方が、結局、効果的だと信じているんだ」

と、十津川はいった。

「しかし、警部。若い中井美矢子が、こんな廻りくどい方法に固執したとは思えないんです。確かに、ストレートにやるより、警察に信じさせましたが、これは人生経験の豊富な人間が考えそうな、方法だと思いますね」

「同感だよ」

と、十津川はいった。

「しかし、警部は、全て中井美矢子が計画したことだと、お考えなんでしょう?」

「彼女が犯人だということは、間違いないが、彼女には黒幕がいたんだよ。人生経験が豊かで、悪がしこくて、しかも、法律にくわしい奴だ」

「誰ですか?」

「わからないか?」

「春山弁護士——ですか?」

と、亀井がきいた。

「そうだ。あの男だよ」

「しかし、彼は、最初、広田のために働いていましたよ」

「そうだ」

「彼に有利な遺言状を公表し、中井美矢子を怒らせました」

「その通りだ」

「だから、彼は、てっきり、広田の味方だと思ったんですが」

「そうしておいて、最後に、実は、もう一つ、遺言状があって、それを広田が焼き捨てたと、『真実』を、われわれに告げたんだ。これで、広田は、完全に悪玉になった」

「なるほど、廻りくどいやり方ですね」

「その上、あの男は、弁護士を引退するとまでいった。芝居っ気たっぷりにね」

「それで、一層、彼を信用したんですよ」

「カメさん、春山の弁護の方法を、調べてみてくれないか。やり手といわれる男だが、弁護の方法は、多分、あの男の考え方が出ていると思うんだよ」

と、十津川はいった。

5

亀井は、春山が担当したいくつかの事件を調べて、十津川に報告した。

「警部のいわれた通り、面白い結果が出ていました。簡単な事件では、最初から、どんどん、攻勢に出ますが、難しい事件の場合は、必ずといっていいほど、最初は負けたふりをして、相手に油断させ、相手が油断した瞬間、突然、攻勢に出ています。このスタイルは変りませんが、どうも、春山は、相手が途中から狼狽し、彼の思い通りになるのを楽しんでいるように思えます。公判で、春山に負けた検事の中には、彼のことを、ずる賢い狐だといっている人もいます。ある事件では、被告人に、全然、勝ち目がないのを、最後に春山が引っくり返していますが、その方法が奇妙でした」

「どんな方法をとったんだ？」

「例によって、最初の中《うち》、検事側の攻勢に対して、春山は、全く反論しませんでした。ほとんど無抵抗に、公判は進んで行ったんですが、最後の段階に来て、突然、検事の様子がおかしくなり、結局、春山が勝ってしまったんです。その検事は、そのあと、引退してしまいました。どうやら、公判の前半、春山は、検事の私生活を、必死になって調べていたようなのです。死んだふりをしてです」

「それで、検事を脅《おど》したのか？」

「そのようです。どうしても勝てそうにない時は、春山は、そんな方法も取るということです」

と、亀井はいった。

「そういえば、思い当ることがあるよ」

十津川は、急に難しい顔になった。

「と、いいますと？」

「家内にいわれたんだが、誰かが、私や家内のことを調べているらしいというんだ。浮気でもしてるんですかと、家内にいわれたが、どうやら、今度の事件の捜査を始めた頃からのようだ」

「春山が、誰かを使って、警部のことを調べているということですか？」

「そう思うね。何かに、利用しようという気なんだろう。カメさんだって、調べていると思うよ」

十津川がいうと、亀井は、首筋をなでるようにして、

「参りましたね。私でも、他人に知られたくないことが、一つや二つは、ありますから」

「私にだって、あるよ」

と、十津川は笑った。

春山が、何を調べたかはわからないが、いざとなれば、それを切札に使う気なのかも知れない。

「春山は、最初から、中井美矢子と手を組む気だったんでしょうか？」

亀井がきいた。

「これは、私の推測だがね。去年の三月に、例の遺言状が作られた時に決めたんだろうね。そこが、いかにも、あの男らしいと思うんだよ。あの遺言状では、広田に有利になっている。普通なら、広田側につくところだが、春山は、逆に、不利な中井美矢子の側につくことを考えたんだ。その方が、自分が重視されると読んだんだろう」

「なるほど」

「そのあとのやり方も、あの男らしいんだ。最初の中は、広田のスポークスマンのように振る舞っておいて、突然、彼を裏切ったからね」

「春山は、どのくらいの見返りを期待して、中井美矢子と手を組んだんでしょうか?」

と、亀井がきいた。

「遺言状のことを、春山は、中井美矢子に話したんだと思う。ひそかに見せたのかも知れない。美矢子にとっては、ショックだったに違いないよ。姉に対する憎しみも、わきあがって来たんじゃないかね」

「実の姉なのに、自分に不利な遺言状を、夫に書かせて、平気な顔をしているということですね?」

「そうだよ。春山は、この遺言状については、姉の冴子さんも承知しているといって、美矢子をおさえつけたんだと思うよ。何といっても、美矢子に、高見沢夫婦を殺させなければいけないんだから」

「春山は、弁護士を引退しても平気ということは、生半可《なまはんか》な代償を、美矢子が約束したとは思えませんね。金額でも、大変なものが約束されていると思いますよ」

　と、亀井はいった。

「もう一度、春山のことを調べてくれないか」

　と、十津川がいうと、亀井が心得て、

「春山の財政状況ですね？」

「法律事務所をやっているが、案外、内情は、火の車なのかも知れないからね」

　と、十津川はいった。

　亀井は、日下刑事と一緒に、税務署や銀行に当っていたが、戻ってくると、

「ぴったりでした」

　と、十津川に報告した。

「やはり、経済的に苦しいのか？」

「一億近い税金の滞納がありました。銀行にも多額の借金があります。文字どおり、火の車です」

「なるほどね」

「ですから、少くても、億単位の見返りが、中井美矢子から約束されていると思います」

　と、亀井はいった。

6

「春山は、われわれが調べていることに、気付いているようかね？」

と、十津川はきいた。

「いや、気付いていないと思います。というのは、今日、彼は、正式に引退を表明したので、弁護士仲間が、彼の引退を惜しむパーティを決め、喜んでいるということですから」

と、亀井はいった。

「引退を惜しむパーティか」

十津川は、苦笑した。

「何といっても、彼の弁護士歴は長いですし、ボス的存在でしたから、知り合いも多いんでしょう」

「そんな春山が、なぜ、多額の借金を背負い込んでしまったのかな？」

「どうやら、バクチのようです」

「バクチ好きなのか？　そんな風には見えないがね」

「これは、噂ですが、競馬場に、ボストンバッグに札束を詰めて出かけることがあったそうです」

と、亀井はいった。

「今度のことも、春山にとって、一つのバクチだったのかも知れんな」

と、十津川はいってから、

「それでは、これから、いっきに片付けるか」

と、亀井を見た。

「いよいよ、やりますか？」

亀井や西本たちも、眼を輝やかせて、十津川を見た。

「いっきにやる必要があるね。春山が、どんな逃げを打つか、わからないからだ」

「まず、何から始めますか？」

「外堀から、埋めていこう。最初は、皆川を連れて来てくれ。ひそかにね」

と、十津川はいった。

二人の若い刑事が、夜に入ってから、皆川の自宅に行き、ひそかに彼を連れて来た。

十津川は、皆川を見て、改めて、広田によく似ていると思った。

十津川は、わざと、最初から高圧的に出ることにした。その方が効果的だと思ったし、早く片付ける必要が、あったからである。

「なぜ、あんなことをしたのかね？」

と、十津川は、相手を見すえて、声をかけた。

横で、亀井が睨む。

皆川は、青い顔になって、

「何のことですか？」

「殺人幇助《ほうじょ》だよ。共犯といってもいい」

「何のことか、わかりませんが——」

「七月六日に、サングラスをかけ、広田になりすまして、東京駅で、『こだま424号』から降り、駅弁売りの女性に、ぶつかったはずだ」

「知りません。何かの間違いです」

「その間に、中井美矢子が、高見沢を毒殺しているんだ。君は、その共犯になっている。刑務所行きは、まぬがれないな。その覚悟は出来ているんだろうね？」

「——」

皆川は、黙ってしまった。しきりに、ハンカチで汗を拭いている。が、実際には、汗は出ていないのだ。

（これは、落し易《やす》いな）

と、十津川は思いながら、

「何しろ、殺人の共犯だから、五、六年は入ることになるよ」

「とんでもない！」

「中井美矢子から、頼まれたんだな？」

「――」

「正直に話してくれれば、われわれも何とか考えるが、協力を拒否するのなら、すぐ、殺人の共犯として起訴する。どうかね？」

と、十津川は、ゆさぶりをかけた。

「――」

「どうなんだ！」

と、怒鳴りつけると、皆川は、ぴくんと肩をふるわせた。

「正直に話せば、逮捕はされないんですか？」

皆川は、声をふるわせて、きいた。

「それは、どこまで話してくれるかによるんだがね」

「何でも、話します」

と、皆川は、神妙にいい、また、出ていない汗を拭いた。

「七月六日、中井美矢子に頼まれて、東京駅で芝居をしたことは、認めるね？」

「ええ。しかし、それが殺人事件に関係しているなんて、知らなかったんです。単なる遊びだと思ったんですよ」

「何をしろと、いわれたんだ？」

「広田さんに似た恰好をして、『こだま424号』に乗り、東京駅で降りたら、ホームで働いている人にぶつかり、相手に印象づけておけと、いわれたんです。駅員が見つからなかったので、丁度、ホームを歩いていた駅弁売りの女性に、ぶつかって、一万円札を渡しておいたんです」

「小田原から、乗ったんだな？」

「そうです」

「十一日には、今度は広田に頼まれ、ジャガーで、千葉県内を走り廻ったね？」

「ええ」

「そのことは、中井美矢子に報告したのか？」

「彼女と、弁護士さんです」

「春山弁護士か？」

「そうです」

「それは、中井美矢子にいわれたのか？」

「そうです。電話番号をいわれて、広田に関することは、ここへ全て、報告しておくようにいわれたんです。それが、春山弁護士でした」

「小田原から、『こだま424号』に乗れといわれたのかね？」

「そうです」

「嘘をついちゃいけないよ」

と、十津川はいった。

「嘘なんか、ついていませんよ」

と、いったが、皆川の声が、ふるえていた。

「この期《ご》に及んで、まだ、嘘をつくのか！」

と、すかさず、亀井が横から怒鳴りつけた。

皆川は、ふるえあがった。

「本当は、小田原以外の駅から乗れと、いわれたんじゃないのかね」

と、十津川が、優しくきいた。

皆川は、怯《おび》えた眼で、

「そうです」

「しかし、君は、小田原から乗ったんだね？」

「ええ」

「なぜだ」

「なぜ、そんなことをいうのか、不思議だったからです」

「それで、小田原で、何を見たんだ？　いや、誰を見たんだ？」

「――」

「中井美矢子を見たんだろう？」

「そ、そうなんです」

「やっぱりね」

と、十津川は肯いた。

七月六日に、「はこね22号」の車内で高見沢を毒殺したのが、広田でなく、中井美矢子なら、彼女だって、終点の新宿まで乗っているはずがないのである。そんなことをすれば、必ず、疑われるからだ。

「はこね22号」は、途中、小田原にしか停車しないのだから、ここで、降りたに違いないのである。

小田原からは、恐らく新幹線で、東京へ舞い戻ったろう。

「彼女は、君が見つけたことを知っているのか？」

「黙っていましたが、広田さんが逮捕されてから、話しました」

「そしたら、どうなった？」

「十万円の謝礼を前にもらっていたんですが、急に、課長にしてくれました」

「君が、誰かに喋らない代償か？」

「そうだと思います」

「今のこと、調書にとるから、署名してもらうぞ」

と、十津川はいった。

7

十津川たちは、七月六日の「はこね22号」に乗っていたコンパニオンに、もう一度、会った。

前に話を聞いたとき、高見沢はひとりで乗っていたと、証言している。

座席には、ひとりだったろうが、中井美矢子が犯人なら、同じ電車に彼女も乗っていて、車内で二人分のコーヒーを注文し、高見沢にすすめたはずである。

コンパニオンたちに、中井美矢子の写真を見せて聞くと、一人が、彼女のことを覚えていた。

高見沢とは、別の車両に乗っていて、コーヒーを二つ注文したというのである。

「ですから、誰か、お連れがあると思ったんです」

「コーヒーを配ったのは、いつ頃ですか？」

と、亀井がきいた。

「あの電車が、始発の箱根湯本を出てすぐ、注文をとって、運びました」

「彼女が、どこで降りたか、わかりますか？」

「それは、わかりませんわ。前の座席にいらっしゃらなくても、降りたとは限りませんから」

と、コンパニオンは当然のことをいった。

それでも、とにかく、七月六日の「はこね22号」に、中井美矢子が箱根湯本から乗り、二人分のコーヒーを注文したことは、間違いなくなったし、それに皆川の証言を合せれば、美矢子が、「はこね22号」の車内で、高見沢に青酸入りの砂糖パックとコーヒーを渡して、毒殺し、小田原で降りたことは、まず、間違いないだろう。

問題の遺書にしても、電車にゆられながら書けば、女が書いても、あんな乱れた字になるはずである。

「これで、そろそろ、いいかな」

と、十津川は、亀井にいった。

二人は、逮捕状を取らずに、中井美矢子に会いに出かけた。

豪華な高見沢邸に、今、彼女は住んでいる。

お手伝いは、前のままの人だったが、何の疑問も持たずに働いている姿を見て、十津川は、

(このお手伝いも、早くから中井美矢子なり、春山弁護士なりに買収されてしまっていたのかも知れないな)

と、思った。

もし、そうなら、高見沢夫婦の日常は、筒抜けになっていたに違いない。

中庭に面した応接室で会った美矢子は、別人のように見えた。

髪形も変ってしまったし、何よりも、堂々として見えた。

手に入れた莫大な財産が、彼女に、強い自信を与えたのだろう。

「広田さんのことなら、お気の毒だと思いますわ。でも、私には、助けられませんけど」

美矢子は機先を制するように、いった。

「いや、あなたなら、彼を助けられますよ」

と、十津川はいった。

美矢子は、眉を寄せて、

「弁護費用くらいは、出してあげられると思いますけど」

「いや、あなたが、正直に、全てを話して下されば、いいんです」

「それは、どういうことでしょうか？」

美矢子は、キッとした顔になって、十津川と亀井を睨んだ。

「別に、難しいことじゃありません。あなたが、高見沢夫婦を殺し、小山啓介を殺し、その揚句《あげく》、全ての罪を広田にかぶせたわけでしょう。そうした真相を話してくれれば、間違いなく、広田は助かりますよ」

十津川は、冷静な口調で、いった。が、話の途中で、美矢子の顔色が変り、突然、立ち上ると、部屋の隅にある電話を取った。

「どうしたんですか？」

と、十津川が声をかけた。

「今のような侮辱《ぶじょく》は、絶対に許せません。今、弁護士に来てもらって、あなた方を告発します」

と、美矢子は、甲高《かんだか》い声でいった。

十津川は、苦笑して、

「それなら、春山弁護士にしなさい。息子さんの方じゃなくて、今度、引退を表明した、お父さんの方がいいでしょう」

「もちろん、あの人を呼ぶつもりです。あなた方を告発して、二度と警察の仕事を出来なくしてやるわ」

美矢子は、ボタンを押し、相手が出ると、早口に、

「すぐ来て頂戴《ちょうだい》！」

と、命令する口調でいった。

受話器を置き、十津川を振り向くと、

「私は、侮辱されるのが我慢できないの。相手がたとえ、警察でもよ」

と、いった。

「なるほど、それが、あなたの本音《ほんね》なわけですね」

十津川は、彼女の顔を見返した。

「本音？」

「そうですよ、たとえ相手が、実の姉や、その夫でも、あなたは、絶対に許さないわけだ」

「何のことか、わからないわ」

「わかっているはずですよ。今いったように、たとえ、実の姉でも、自分に対して冷たくすれば、絶対に許さない。そうなんでしょう？」

「弁護士が来るまで、何も喋らないわ」

美矢子はそういうと、足音荒く、応接室を出て行った。

十津川は、ちょっと肩をすくめてから、煙草を取り出して、火をつけた。

「彼女、春山弁護士を呼びましたね」

と、亀井がいう。

「丁度、よかったよ。どうせ、彼にも、会わなければならないんだ。手間がはぶけたというものだよ」

と、十津川はいった。

「それにしても、中井美矢子は、すっかり、変ってしまいましたね。最初に会った時は、地味な、福島の女子大生と思ったんですが」

「変ったんじゃなくて、地《じ》が出てきたのかも知れないよ」

と、十津川はいった。

三十分ほどして、玄関の方で声がした。続いて、大声で喋る美矢子の声が聞こえた。

応接室のドアが開いて、美矢子に続いて、春山が入って来た。

8

春山は、さすがに冷静な様子で、ソファに腰を下し、十津川に、

「あの事件は、もう済んだはずでしょう？　違いますか？」

と、咎《とが》める調子でいった。

「犯人が捕まらなければ、事件は終りませんよ」

「冗談は困りますね。犯人は起訴され、間もなく、公判が始まるのに」

「広田さんなら、彼は、シロですよ」

と、十津川はいった。

「それなら、なぜ、逮捕したんです？」

「警察の恥をいえば、まんまと欺されたんです。欺されて、見込違いの捜査をし、シロの人間を犯人と思い込んで、逮捕してしまったんです。それに気付いて、われわれは、その過《あやま》

ちを、ただそうとしているわけです」

「誰が、警察を欺したというんですか？」

「わかりませんか？」

と、十津川はきき返した。

「まさか、私だというんじゃないでしょうね？」

春山が、笑いながらきいた。

が、十津川は、ニコリともしないで、

「あなたと、美矢子さんに、見事に欺されたんです」

「あまりいい冗談とは、いえませんね」

「私も、冗談で、いってはいませんよ。真犯人は美矢子さんで、その黒幕が春山さん、あなただったということです」

「証拠があるの？」

と、美矢子がわめいた。

「もちろん、ありますよ。あなたの指示で、七月六日に、東京駅で芝居した皆川は、すでに連行して、調書をとりました。彼は、全て、話しましたよ。もう一つ、同じ七月六日に、『はこね22号』に乗車したコンパニオンが、美矢子さんが乗っていて、コーヒーを二つ注文したと、証言しているんです」

「嘘だわ！」

と、美矢子が叫んだ。

「いや、事実です。あなたが、犯人です」

「私が、黒幕というのは、どういうことなんですか？」

春山が、難しい顔できいた。

「広田さんが犯人ではなく、美矢子さんが犯人なら、あなたが、遺言状がもう一つあって、それを広田さんが焼き捨てたというのも、嘘になってくる。彼は、そんなことをする必要がないからですよ。なぜなら、広田さんは、その幻の遺言状のために、高見沢夫婦を殺したことになっていたからです。弁護士のあなたが、そんな嘘を、なぜついたのか？　理由は一つ、広田さんを刑務所に入れ、美矢子さんに、高見沢家の全財産を手に入れさせるためです」

「私が、なぜ、そんなことをしなければ、ならんのですか？」

と、春山がきいた。

「多分、金のためだと思っています。あなたのことも、調べたんですよ。大変な借金がありますねえ。それを、どうしたら、解消できるかと、あなたは考えていた。そのとき、三月にということですが、高見沢さんが、新しい遺言状を書いた。広田さんにだけ有利な内容のね。そのとき、あなたは、閃《ひら》めいたんですよ。中井美矢子さんを焚《た》きつけて、高見沢夫婦を殺させ、広田さんを犯人に仕立てあげればとね。彼女に、見返りを約束させて、あなたが筋書きを作り、実行したんですよ。第二の遺言状の話なんか、なかなか、面白かったですよ。西船橋のガソリンスタンドの従業員が、広田さんのアリバイを証言していて、あとで殺して、それが嘘だと証明してみせる。あれも、あなたの考えだと思いますよ。あなたの方法は、いつも、最初に持ちあげておいて、次に引っくり返す。今度の事件は、全て、それでしたからね」

「何をいってるのよ！　犯人は、広田だわ」

と、美矢子は、甲高い声をあげた。

「止《や》めなさい」

と、春山が、叱りつけるように、いった。

「止めなさいって、何をなの？」

「われわれは、もう、負けたんだ。今更、じたばたしては、みっともない。諦《あきら》めなさい」

「何を諦めるのよ、それでも、顧問弁護士なの？」

「もう、あなたの弁護士じゃありませんよ」

と、春山はいってから、十津川に向って、

「私の方法は、いつも、同じでしたか？」

と、きいた。

「そうですよ。それで、あなたが、今度の事件の黒幕だと確信したんです」

十津川がいうと、春山は、小さく笑った。

「おかしなものですな。それには、自分でも気がつかなかったんですよ」

「ベテランの弁護士のあなたがですか？」

「多分意識せずに、やって来たからでしょうね」

と、春山はいってから、

「一つだけ、警部に、お願いがあるんですがね」

「何ですか？」

「全て、話しますが、私の息子は、関係ないのですよ。それだけは、わかって頂きたいのですが」

と、春山はいった。

「本当に、無関係なら、心配することはありませんよ」

と、十津川はいった。

解説

吉《よし》野《の》仁《じん》
(文芸評論家)

思うに、トラベル・ミステリーを楽しむ読者には、大きく分けて、二種類の人たちがいるに違いない。

ひとつは、読み手自身も旅行好きで年中どこかへ旅しているというタイプ。日本(もしくは世界)の各地をまわった経験があり、犯人捜しというミステリーの面白さとともに、旅の楽しさを小説のなかでふたたび味わいたいのだ。乗ったことのある鉄道や知っている街が出てくるたび、追体験できて楽しい。

で、もうひとつは、旅行に行きたくともなかなか行けないため、せめて本の世界で旅を味わおうという人たちである。

仕事などで忙しく、とうてい何日ものんびり旅行している時間はとれないが、できることなら、行ったことのないところへあちこち旅したい。ゆえに、ミステリーで、鉄道、船、旅客機など、いままで乗ったことのない乗り物、そして名前は知っていても行ったことのない土地が出てくるほど、好奇心がかきたてられる。同時に予想のつかない展開の小説ほど、興奮する。思いがけない出会いこそが旅の醍醐味であるのと同じことだ。いずれは作品の舞台となった土地を旅してみたい。

おそらくトラベル・ミステリーのファンは、圧倒的に後者が多いだろう。なにせ、文庫本一冊、千円札でおつりがくるほどの値段で、北から南まで、ありとあらゆる土地を舞台にした物語を選ぶことができる。読書ならば、時間も場所も選ばず、お金もかけず、たっぷりと旅の気分を味わうことが可能なのだ。

しかも、単なる紀行文ではない。凶悪な事件が起こり、お馴染みの刑事や探偵が登場し、犯行現場を順に歩きまわり、次々と意外な事実が明らかになり、最後に真相が明かされる。ミステリーの話運びというのも、名所をめぐる旅の面白さに似ている。忙しくせちがらい毎日を忘れて、とことん、非日常的な世界の中で寛いだり、興奮したりできるのだ。

トラベル・ミステリーの第一人者ともいうべき西村京太郎が、昭和から平成まで、長い間、広範な読者から絶大な支持を得てきたのも無理はない。

さて、本書『富士・箱根殺人ルート』は、箱根から新宿へ向かう小田急ロマンスカー、特急「はこね」の座席で、青年実業家が変死していた事件から幕を開ける。事件を担当するのは、いうまでもなく十津川警部だ。

この小田急ロマンスカー、東京や東京近郊、とくに南西部に住んでいる方なら、よくご存じだろう。東京最大のターミナル駅である新宿駅から出発し、渋谷区、世田谷区、狛江市を通り、神奈川県に入り、町田市、厚木市などを抜け、小田原、そして箱根湯本へと向かう私鉄の特急列車である。

ロマンスカーは、ながらく赤と白のツートンカラーの車体に加え、先頭に展望席のある列車として知られていた。本作に登場し、最初の殺人現場となった一〇〇〇〇形も、赤白の車体のものである（本作の初出は一九九〇年。その翌年、車体の下がブルーの二〇〇〇〇形が運行されるようになった。その後、シルバーの三〇〇〇〇形、そして現在のところ最新の五〇〇〇〇形と、新たなデザインの車両が登場している）。

また、小田急ロマンスカーといえば、ワゴンで運んでくる車内販売形式ではなく、座席にいながら飲み物や軽食の注文ができ、客室乗務員が座席まで持ってきてくれる「シートサービス」でも有名だ。同じ東京と小田原を結ぶ鉄道ならば、東海道新幹線があるのだが、新宿を起点としていることに加え、こうしたサービスでロマンスカーは人気があったのである。

本作では、とくにこのロマンスカーの特色を生かした上で、謎めいた死体をめぐる事件が扱われている。

特急「はこね22号」の座席で死んでいた高見沢敬は、東京にスーパーマーケットを三店もっている若き社長だった。残された便箋から、どうやら青酸カリをコーヒーに入れて飲み自殺したらしい。しかも、一緒に旅行していた妻の冴子が同行しておらず、行方不明のまま。さっそく十津川警部と亀井刑事は、二人の旅のルートを追っていった。

捜査途中、冴子の絞殺死体が発見されたという知らせが入った。場所は仙石原高原。死亡推定時刻は夫の死の一日前。なぜ夫は一日遅れで自殺したのか。事件を無理心中とするには、釈然としない十津川だったが、やがて第二、第三の殺人事件が起こる……。

ここで、十津川と亀井が死んだ夫婦の旅のあとを追う過程は、そのまま「富士・箱根」名所めぐりの旅になっている。トラベル・ミステリーならではの展開だ。三島から山中湖、河口湖、そして西湖を抜けて青木ヶ原の樹海、さらには箱根、芦ノ湖、仙石原とたどっていく。ちょうど富士山を中心に、大きく反時計回りに旅しているのだ。

とくに関東に住むサラリーマンならば、おそらく個人旅行でよく行く場所であるばかりか、会社の社員旅行における定番コースでもあるだろう。もちろん関東以外の人たちも、富士山見物に加え、温泉旅行などで訪れたことのある人が多いに違いない。ものすごくポピュラーな観光地めぐりである。

先に、トラベル・ミステリーの読者は、実際に旅行になかなかいけないので、せめて活字の世界で旅を味わおうという人たちが多いだろう、と書いたが、本作においては、むしろ、すでに旅行した経験をもつ人も多いのではないか。

そしてトラベル・ミステリーとしての本作の大きな特徴は、題名に「ルート」とついているように、ひとつの観光地だけではなく、近隣の名所を周遊する旅、というところだ。死んだ者たちの足取りを追う捜査行が、点と点を結ぶことにより線となる。ルートができる。

だが、単なる無理心中から、「青年実業家の資産目当てによる他殺ではないか」と目されたとき、事件の捜査は一転する。死んだ冴子の妹、野心的な副社長など、次々と容疑者が浮かんでくる。こうして、誰もが犯人であってもおかしくないなか、彼らのアリバイをめぐる捜査は袋小路に入る。はたして、いかなるトリックが使われていたのか。

前半、旅のルートをたどる捜査がひとつの読みどころだったが、それは事件を複雑にしている盲点でもあったのだ。いかにも怪しく腹黒そうな人物ばかりが登場するなか、一筋縄ではいかないストーリーが最後の最後まで展開していく。

本作に登場する鉄道に乗ったり、富士・箱根の温泉や名所をめぐったことのある方なら、旅の追体験を楽しまれたことだろう。そして一度も訪れたことのない方は、活字による自然にあふれた観光地の旅と、二転三転する探偵小説との絡み合いを楽しまれたに違いない。

また、先に、本作のオリジナルの刊行は一九九〇年と紹介したが、たとえば「フルムーンらしい老夫婦の姿が多かった」という記述があるように、注意深く読むと、まだバブル経済が完全に破綻する前の時代の風俗がそこかしこに描かれている。すなわち、場所の移動ばかりではなく、小説のなかに、過去という時間を見つけて旅することもできるのだ。これもある意味でオリジナル刊行から、何年か経った後に刊行される文庫版ならではの楽しみである。

ちなみに、西村京太郎の著作として、本書と同じく題名に「ルート」のつく作品は、現在のところ二十作を超えており、主なものとして、すでに光文社文庫収録の『山陽・東海道殺人ルート』、『東京・松島殺人ルート』をはじめ、『オホーツク殺人ルート』、『釧路・網走殺人ルート』、『五能線誘拐ルート』、『謀殺の四国ルート』、『しまなみ海道追跡ルート』などがある。

興味をもつ「ルート」があったならば、ぜひとも手に取り、西村京太郎トラベル・ミステリーの世界を堪能していただきたい。

一九九〇年四月　講談社ノベルス刊
一九九三年三月　講談社文庫刊

光文社文庫

長編推理小説
富士《ふじ》・箱根《はこね》殺人《さつじん》ルート
著　者　西《にし》村《むら》京《きょう》太《た》郎《ろう》

2006年2月20日　初版1刷発行

発行者　篠　原　睦　子
印　刷　大　日　本　印　刷
製　本　D　N　P　製　本

発行所　株式会社　光　文　社
〒112-8011 東京都文京区音羽1-16-6
電話　(03)5395-8149　編集部
8114　販売部
8125　業務部

ISBN4-334-74013-8 Printed in Japan

お願い 光文社文庫をお読みになって、いかがでございましたか。「読後の感想」を編集部あてに、ぜひお送りください。

このほか光文社文庫では、どんな本をお読みになりましたか。これから、どういう本をご希望ですか。どの本も、誤植がないようつとめていますが、もしお気づきの点がございましたら、お教えください。ご職業、ご年齢などもお書きそえいただければ幸いです。当社の規定により本来の目的以外に使用せず、大切に扱わせていただきます。

光文社文庫編集部